樋口一葉

Higuchi Ichiyo

島内裕子

笠間書院

『樋口一葉』——目次

01 打ち靡く柳を見ればのどかなる朧月夜も風はありけり … 2
02 散り残る花を訪ねて谷陰に今日見出でつる若楓かな … 4
03 散り残る花の木末を吹く風の今朝心地よき夏は来にけり … 6
04 冬籠もる窓のうちまで薫りけり軒端の枇杷の花咲きしより … 8
05 山深み人こそ訪はね読む文の上に昔の友はありけり … 10
06 憂き事も雪も山路も深ければ春だに遅き心地こそすれ … 12
07 卯の花の憂き世の中のうれたさにおのれ若葉の蔭にこそ住め … 14
08 山の端の梢明るくなりにけり今か出づらむ秋の夜の月 … 16
09 限りなくうれしきものは我が思ふ人をば人の誉むるなりけり … 18
10 宮城野にあらぬものから唐衣なども小萩の繁きなるらむ … 20
11 めづらしく朝霜見えて吹く風の寒き秋にもなりにけるかな … 22
12 いかばかり長閑に立ちし年ならむ霜だに見えぬ朝ぼらけかな … 24
13 行く水の浮き名も何か木の葉舟流るるままに任せてを見む … 26
14 いとどしく辛かりぬべき別れ路を逢はぬ今より偲ばるるかな … 28
15 吹く風の便りは聞かじ荻の葉の乱れて物を思ひもぞする … 30
16 繁り合ふ若葉に暗き迷ひかな見るべきものを空の月かげ … 32

17 波風のありもあらずも何かせむ一葉の舟の憂き世なりけり … 34
18 降る雪に埋もれもやらで見し人の面影浮かぶ月ぞ悲しき … 36
19 見るめなき恨みは置きて寄る波の唯ここよりぞ立ち帰らまし … 38
20 いでや君などさは寝ぬぞぬば玉の夜は夢ぞかし世は夢ぞかし … 40
21 我こそは達磨大師になりにけれ訪はむにも足無しにして … 42
22 繰り返し見るに心は慰まで悲しきものを水茎の跡 … 44
23 とにかくに越えてを見まし空蟬の世渡る橋や夢の浮橋 … 46
24 いづれぞや憂きにえ耐へで入り初むる深山の奥と塵の中とは … 48
25 なかなかに漂ふもまた面白し月の前行く空の浮雲 … 50
26 世の中に人の情けのなかりせばもののあはれは知らざらましを … 52
27 よし今は待つとも言はじ吹く風の訪はれぬをしも我が科にして … 54
28 吹き返す秋の野風に女郎花一人は漏れぬ野辺にぞありける … 56
29 水の上に跡も留めぬうたかたの泡に結べる我が命かな … 58
30 住吉の松はまことか忘れ草摘む人多きあはれ憂き世に … 60
31 魚だにも棲まぬ垣根のいささ川汲むにも足らぬ所なりけり … 62
32 鋤き返す人こそなけれ敷島の歌の荒す田荒れに荒れしを … 64

33 行く水の浮(う)き世(よ)は何か木(こ)の葉舟(はぶね)流るるままに任せてを見む … 66
34 更(ふ)くる夜(よ)の閨(ねや)の燈火光(ともしびかげ)消えば闇(やみ)なるものをあはれ世の中 … 68
35 もろともになど伴(ともな)はぬ山烏(やまがらす)憂(う)き世の秋は同じかる身を … 70
36 立ち返る明日(あす)をば知らで行く年を大方(おほかた)人の惜しむなりけり … 72
37 何(なに)となく革(あらた)まりたる心かな昨日(きのふ)も取りし筆にやはあらぬ … 74
38 破(や)れ簾(すだれ)かかる末にも残りけむ千里(ちさと)の駒(こま)の負けじ心は … 76
39 風吹かば今も散るべき身を知らで花よ暫(しば)しと物急(ものいそ)ぎする … 78
40 空蟬(うつせみ)の世に拗(す)ね者(もの)と言ふなるは夫子(つまこ)持たぬを言ふにやあるらむ … 80
41 世の人はよも知らじかし世の人の知らぬ道をも辿(たど)る身なれば … 82
42 いづくより流れ来(き)にけむ桜花垣根(かきね)の水に暫(しば)し浮かべる … 84
43 よそに聞く逢坂山(あふさかやま)ぞ恨めしき我は雲居(くもゐ)の遠き隔てを … 86
44 極(きは)みなき大海原(おほうなばら)に出(い)でにけりやらばや小舟(をぶね)波のまにまに … 88
45 玉にとはかけても言はじ庭石(にはいし)の見らるるほどの世を経(へ)てしがな … 90
46 梅の花見に来(こ)し岡の霜解(しもど)けに休(やす)らひをれば春風ぞ吹く … 92
47 夢路(ゆめぢ)にて夢と知りせば思ふこと心のままに言はましものを … 94
48 鳴く蟬の声喧(かしま)しき木隠(こがく)れに咲く梔子(くちなし)の花もありけり … 96

49　なかなかに選ばぬ宿は葦垣(あしがき)のあしき隣もよしや世の中　…　98
50　木枯(こがらし)の吹く音(おと)寒き冬の夜(よ)はかけても君の恋しかりけり　…　100

歌人略伝　…　103
年譜　…　104
解説　「虚無の浮き世を見据えた歌人　樋口一葉」——島内裕子　…　106
読書案内　…　116

凡例

一、本書には、樋口一葉の歌五十首を載せた。

一、本書は、『たけくらべ』『にごりえ』などの小説家として知られる樋口一葉の歌人としての本質を明らかにしようとした。和歌を年代順に読み進めることで、一葉の成長を辿ることに重点をおいた。

一、本書は、次の項目からなる。「作品本文」「出典」「鑑賞」「脚注」「歌人略伝」「年譜」「筆者解説」「読書案内」。

一、テキスト本文は主として『樋口一葉全集』(筑摩書房)に拠った。ただし、歴史的仮名づかいに改め、漢字を多く宛てた。

一、鑑賞は、一首につき見開き二ページを当てた。

樋口一葉

01

打ち靡（なび）く柳を見ればのどかなる朧月夜（おぼろづきよ）も風はありけり

風の道

のどかな朧月夜で、心が伸び伸びする。ふと見ると、柳の細枝が揺れている。どこからか、風が吹いているのだ……。

それと気づかぬほどの微風が吹いているのを、目の当（ま）たりにした軽い驚きが伝わってくるような歌である。

けれども、これは「月前柳」という題のもとに詠まれた、題詠の歌である。中島歌子の歌塾「萩の舎（はぎのや）」*に入門してわずか半年後、初めて経験する新年の発会で、最高点となった歌である。時に明治二十年二月二十一日。樋口一葉は、数え年の十六歳だった。

【出典】

『樋口一葉全集』（筑摩書房）第四巻・上、詠草4（明治二十年一月～七月）。

「月前柳」という題は、春の朧な月に照らされた青柳の風情を、どのように詠むかが問われている。一葉は、「風」を歌うことで、それに応えた。

「風はありけり」の「けり」は、「発見・気づき」の助動詞で、ふとしたきっかけで、あっ風が吹いているのだなあ、と気づいた驚きを表している。

【萩の舎】

中島歌子は、弘化元年（一八四四）～明治三十六年（一九〇三）。父は豪

細部に目を止めることによって、何気ない光景が、はっきりと心に刻印される。それを可能とするのが、言葉の連なりとして構築される表現であり、言葉による表現とは、紙と筆さえあれば、和歌も日記も手紙も、そして小説さえも書くことができる。

最晩年の著作『通俗書簡文』*の序文で、「言葉の自由を得たらましかば、言はむと思ふは、我が心なれば、おのづからの巧みは、求めずして、取り出でらるべくや」と書いている通りである。「言葉の自由」。これこそが何よりも大切であり、この自由があってこそ、一葉は、軛に満ちた現実の辛苦を、みずからの力によって、切り拓いてゆくことができた。わずか二十四年間の短い人生であったが、一葉は精一杯生き抜いた。その人生を貫くものが、和歌だった。三千首ともいわれる一葉の和歌の連なりは、彼女の人生を吹き渡る、風の道である。

一葉が晩年まで書き残した日記を見てゆくと、和歌との繋がりが思いのほか強い。一葉の和歌を年代順に取り上げながら、三十一字に込められた心模様の、燦めきと哀感に触れてみたい。

商。水戸藩士と結婚したが、夫は天狗党の乱（一八六四年）に連座して、自害。歌子は、小石川の自宅で、「萩の舎」という私塾を開いた。客員教授として、御歌所の有名歌人たちが指導に訪れた。上流階級の子女が学んだ。

門下としては、樋口一葉のほか、三宅花圃（みやけ・かほ）がいる。花圃は、三宅雪嶺の妻。明治二十一年に小説『藪の鶯』を書き、一葉に刺激を与えた。歌子の遺歌集『萩のしづく』（萩の雫）は、花圃の編集である。

【『通俗書簡文』】

明治二十九年五月に、博文館から出版された。「新年」「春」「夏」「秋」「冬」「雑」「唯（ただ）いささか」から成り、時候の挨拶や行楽への誘いなど、具体的な状況のもとに書かれた往復書簡の「お手本」である。

02

散り残る花を訪ねて谷陰に今日見出でつる若楓かな

題詠と実感

まだ咲き残っている桜を探して散策していると、今日は谷陰に楓の若葉が目に止まり、移ろう季節を感じたことだった……。

一葉が通った萩の舎では、歌の稽古として、宿題に題詠を課していた。この歌は、「若楓」*という題を詠んだもの。

同じ題でもう一首、「左山辺の花散る頃ぞ我が庭の楓の若葉萌え初めにけり」*と詠んでいる。こちらは、庭の楓に若葉が出てきたのを見て、季節の訪れが遅い山のあたりでは、まだ桜の花が散る頃であろうかと思い遣っている。

【出典】

『樋口一葉全集』(筑摩書房)第四巻・上、詠草6(明治十九年九月～二十年六月)。この歌は、明治二十年三月五日に出題されて、十二日に提出した作品だと推定される。

【若楓】

春を代表する桜の花が散った後で、晩春から初夏にかけて、若楓の美しさを讃美する古典に、『徒然草』第百三十九段の、「卯月ばかりの若楓、すべて、万(よろづ)の花・紅葉(もみぢ)にも増さりて、めでたきものなどちらの歌も、若楓という歌題に、散り際(ぎわ)の桜を取り合わせて、桜色と若緑の色合いが美しい。「題詠」は、与えられた題に即して詠むので、窮屈なのではないかと思うのだが、一葉の和歌は、不思議と実感が籠もっていて、景色が目に浮かぶ。題詠スタイルで和歌を詠む修練を積むと、日々の暮らしの中で、周囲の情景や季節感に注意深くなる気持ちが、育ってゆくのだろうか。

たとえば、こんなことが、「一葉日記*」に出てくる。「若楓」の歌から一か月余り後の四月十六日の出来事である。この日は、中島歌子先生の提案で、東京帝国大学附属植物園(小石川植物園)に、花見に出掛けた。皆が桜の枝を折り取って、記念に持ち帰った時、一葉だけは岩間に芽生えた若楓をそっと抜いて、庭に移し植えた。日の光のもとで育てようとしたのだった。若楓に目を止めたのは、先月の歌題が胸に残っていたからだろうか。

一葉は萩の舎に集う上流階級の女性たちの中にあって、日陰の若楓で終わらずに、自分らしく伸びてゆきたいという気概を、心に秘めている。

り」がある。

【左山辺の】
小さい山という意味の「さやま」(狭山)と「山辺」を合成した言葉か。珍しい表現。「み山辺の」の誤植とも考えられる。中島歌子は、初句を「おほかたの(大方の)」と添削した。

【一葉日記】
一葉は、文章表現に志した十六歳(数え年)から亡くなるまで、克明な日記を書き綴った。彼女の代表作は『たけくらべ』『にごりえ』などの小説作品だと見なされることが多いけれども、「一葉日記」は、一葉文学の代表作とも言える価値を持つ。
植物園の場面を含む日記のタイトルは『身のふる衣　まきのいち』。萩の舎に集う上流の女性たちが着ている豪華な衣服と、貧しい自分の「古衣」(ふるごろも)を対比している。

03

散り残る花の木末を吹く風の今朝心地よき夏は来にけり

【出典】
『樋口一葉全集』（筑摩書房）第四巻・下、附録２（明治二十一年六月）。「生前に出版公表された和歌作品」の冒頭を飾る歌である。
題「朱夏の朝」は、夏の朝のこと。五行思想では、春に青、夏に赤、秋に白、冬に黒を当てることから、夏を「朱夏」と言う。

桜は大方散ったけれど、まだ散り残っている木に、今朝は爽やかな風が吹き抜けてゆく。この風が夏の到来を告げたのだ……。

歌子の添削で活きる和歌

明治二十一年六月十四日刊行の、盛進舎発行歌集『四季の花』第二集に掲載された歌である。題は「朱夏の朝」。

萩の舎の新年発会で最高点を得てから、早や一年半近く経った。この間に長兄の泉太郎が病没し、十七歳の一葉は、すでに相続戸主となり、現実の厳しさに直面する時期に入っている。

しかし、この歌には伸びやかで清新な息吹がある。残花の向こうには、水彩画のような淡青い空が広がっていただろう。逝く春を惜しみつつ過ごすこの時季は、今朝の風の心地よさによって、一瞬のうちに、夏が来たことを喜ぶ心の弾みへと、変化した。

一息の即詠とも見紛うこの歌のスピード感は、「夏は来にけり」という言い切りによるのだろう。ただし、この歌の初稿は、少し異なっていた。


散り残る*花の木かげを吹く風もけさ心地よくなりにけるかな

全集の解説によれば、中島歌子によって、「散り残る花の木すゑを吹く風のけさ心地よき夏はきにけり」という添削が、朱書きで書かれているという。

『四季の花』への入選も、歌子の添削指導によるところ大であろうが、入選と公表は、一葉にとって励みとなったと思われる。

翌年の五月に一葉は、この添削をよく摂取して、ある朝の近所の実景を、「咲きををる*藤の花房靡（なび）かして今朝吹く風に夏は来にけり」と詠んだ。万葉語の「ををる」を使ったのも、修学の進捗ぶりを思わせる。


【「散り残る」の歌の初稿】

『樋口一葉全集』（筑摩書房）第四巻・上、詠草11（明治二十一年四月〜六月）。

この初稿に見える「（夏に）なりにけるかな」は、『古今和歌六帖』などに見える、「大荒木（おほあらき）の森の下草繁り合ひて深くも夏になりにけるかな」（凡河内躬恒）などに学んだ表現だろう。


【「咲きををる」の歌】

『樋口一葉全集』（筑摩書房）第三巻・下、雑記2。

「ををる」は、たわんで曲がるほどに、花や葉が枝一杯に付いているさまを表す動詞。

04

冬籠*(ご)もる窓のうちまで薫(かを)りけり軒端(のきば)の枇杷(びは)の花咲きしより

【出典】
『樋口一葉全集』（筑摩書房）第四巻・上、詠草8「若艸」（明治二十一年七月～二十二年三月）。

【「冬籠もる」の歌】
古典和歌では「軒端の梅」の芳香が、部屋の中まで漂ってくるという趣向の歌が多い。冬に咲く枇杷の花を、「軒端の枇杷」と歌った点に、一葉の特色がある。

白い花の芳香

窓を閉めて冬籠もりしているのに、馥郁(ふくいく)とした香りが室内に漂う。それは軒先の枇杷の木に、白い小花が咲いたから……。

「世の人の見付(つ)けぬ花や軒の栗」と詠んだのは芭蕉だった。栗拾いは秋の楽しみだが、栗の花に目を止める人は少ない。

枇杷の花は白い小花で、樹が大きくなるので、間近にその花を見る機会も少ないからだろうか、藤原仲平(なかひら)は「枇杷左大臣」と呼ばれたが、『古今和歌集』から『新古今和歌集』までの八代集の冬の部に、枇杷の花そのものは詠まれていない。

けれども、近代では、「苦しみて生きつつをれば枇杷の花終りて冬の後半となる」という佐藤佐太郎*の歌がある。

掲載歌は、明治二十一年十一月九日に開かれた、萩の舎の納会で、一葉が詠んだ二首のうちの一首。もう一首は、「風寒き*窓を開けても見つるかな庭の籬の柊の花」。どちらの歌も「冬花」という題詠であるが、掲載歌の方が歌柄が大きく、冬籠もりの時季の思いがけない香りに、気持ちも広がる。

『俳諧歳時記栞草』*の冬の部、「ひ」の項には、柊の花と枇杷の花が並んで出ている。江戸時代前期の俳人・浪化に、「柊の花のこぼれや四十雀」の句がある。俳句では、枇杷や柊の花は、冬の季語として詠まれてきた。

余談になるが、冬に咲く芳香のある花に、茶の花がある。十二月の季語である。蕉門の俳人・森川許六に、「茶の花の香や冬枯の興聖寺」がある。興聖寺は、宇治の寺で、道元の開山と言う。柊の花は十一月。枇杷の花と茶の花は十二月。柊・枇杷・茶と、どれも芳香のある白い花である。

【佐藤佐太郎の歌】
歌集『帰潮』（昭和二十七年）の巻頭歌。

【「風寒き」の歌】
「柊の花」を歌った和歌も少なく、『新編国歌大観』では、幕末の木下幸文（一七七九～一八二一）と井上文雄（一八〇〇～七一）に用例を見るくらいである。

【『俳諧歳時記栞草』】
本書は、馬琴の編纂した『俳諧歳時記』の増補改訂版であり、本格的な歳時記のさきがけであると評価されている。

05

山深み人こそ訪（と）はね読む文（ふみ）の上（うへ）に昔の友はありけり

【出典】

『樋口一葉全集』（筑摩書房）第四巻・上、詠草9「みやぎ野」（明治二十二年十月～十一月）。明治二十二年十月十三日に詠まれた。この日の四首のうち、上に挙げなかった残りの三首も、紹介しておきたい。

「帰り来（こ）む人のためにと唐衣（からごろも）打つ夜は長く覚えざりけり」「何となく悲しき夜半の砧（きぬた）かな誰（たれ）待つ宿のすさびなるらむ」（以上「待人擣衣」）、「ゆかしくも文（ふみ）読む声の聞こゆなり世を離れたる柴の庵に」（「山家読書」）。

『徒然草』を友として

山深い所に住んでいるので、訪ねてくる人がいないのは淋しいけれど、書物を開けば、そこには友と呼べる古人がいる……。

この歌は、萩の舎の稽古日の当座詠である。「当座」は、前もって作ってくるのではなく、その場で題を与えられて詠むこと。この日の題は「待人擣衣（とうい）」と「山家読書」。一葉はそれぞれ二首ずつ詠んだ。掲載歌は「山家読書」の二首目。この題が与えられた時、おのずと兼好と『徒然草』のことが心に浮かんだのだろう。「昔の友」とあるのは、読書を通しての著者との出会いのことを言っているのだが、一葉の念頭にあるのは、『徒然草』第十三段の、「一人、燈火の下に、文を広げて、見ぬ世の人を友とするぞ、こよなう慰む業なる」という一節であったと推測される。一葉にとって兼好は、つねに「昔の友」であり、『徒然草』は人生の道しるべであった。

この歌が詠まれた明治二十二年は、一葉にとって多難な年だった。七月に父則義が病没し、九月からは、芝の西応寺町に住んでいた次兄の虎之助のもとに、一葉と母と妹の邦子の三人が同居することになった。虎之助と母は折り合いが悪く、一葉も気苦労の多い日々だったろう。

そのような時期を含む[*]「雑記1」に、「徒然ならぬ身は、日暮らし硯にも向かはず……」という、ごく短い文章の断片があるのは、『徒然草』序段の表現を反転させたもの。また同じ「雑記1」に、「人静まりて後、一人、燈火の下に、文、繰り広げて」というのは、掲載歌と同様に、『徒然草』第十三段を念頭に置いた書き方である。一葉にとって、『徒然草』は、座右の書であった。

「待人擣衣」という題は、李白の漢詩「子夜呉歌」（しやごか）に基づく。この漢詩は、出征した夫の帰りを待ちながら、秋の夜に、布を砧（きぬた）の上に載せてたたいて色艶を出す作業をしている妻を歌っている。この漢詩の世界を踏まえて、和歌を詠むことが要請されている。

【「雑記1」】
『樋口一葉全集』（筑摩書房）第三巻・下。明治二十一年春〜二十二年十一月。「雑記」とは、筑摩書房の『樋口一葉全集』における分類名であり、日付のない日記や断章などの総称である。

06

憂き事も雪も山路も深ければ春だに遅き心地こそすれ

【出典】

『樋口一葉全集』（筑摩書房）第三巻・上。日記『鳥の部Ⅱ』（明治二十三年一月〜三月）。

景物歌合での詠みぶり

辛いことがいろいろあり、この山深い住まいに隠遁してはみたが、やはり雪も深く、春の季節の到来さえ遅く感じられる……。

明治二十三年一月十八日の「一葉日記」に書かれている歌である。この日は、萩の舎で「景物歌合」が行われた。参加者は、一葉の他に、田辺龍子*、伊東夏子*、田中みの子*。いずれも萩の舎の中心メンバーである。歌合は、左右に分かれて歌を詠み合って、優劣を判定する競技である。ここでは、景物（景品・賞品のこと）も出て、楽しい遊戯性を持つ。「一葉日記」によれば、餡菓子・

【田辺龍子】

著名なジャーナリストである三宅雪嶺と結婚して、三宅花圃。一八六八〜一九四三。小説を書いて一葉を刺激したほか、『文学界』に一葉を推薦して、白砂糖・枝炭を入れた草刈り籠などが景品だった。

この時、左方の一葉が詠んだ掲載歌に対して、右方の田辺龍子は、「鶯の声の春のみのどかにてまだ冬深し山の下庵（したいほ）」と詠んだ。勝敗は龍子が勝ち、一葉は負けた。賞品は置き炬燵（ごたつ）と絹布団という豪華さだったというから、一葉もさぞ残念だったろう。

「一葉日記」では、「世を打ち侘（わ）びしこの僻者（ひがもの）は、静かに山の下庵に春待つ人ののどけさには、比ぶべうもあらじかし」と述べて、及ばなかったのは仕方ないと書いているが、自分のことを「世間で落ちぶれて、心がねじけた者」と戯画化している。

確かに、先に挙げた田辺龍子だけでなく、他の二人も「春を待つ心は深くなりにけり山路（やまぢ）の雪の溶け初（そ）めしより」（伊東夏子）、「足引（あしび）きの山下庵（やましたいほ）も人並みに梅咲く春の待たれぬるかな」（みの子）と詠み、春を待つ心を素直に詠んでいるのに、一葉だけは辛い心を詠み、暗鬱感が漂う。一葉と親しかった文学者の馬場孤蝶*も後年、「僻みを有（も）つてゐた」と、一葉の個性的な人物像を回想している。その一葉に、人生の転機が訪れる。


活躍の場を与えた。


【伊東夏子】

一八七二～一九四六。日本橋の有名な鳥問屋の娘。萩の舎では、樋口一葉の本名が夏子であることから、「いなつちゃん」（樋口一葉）と区別して呼ばれた。「ひなつちゃん」（伊東夏子）、キリスト教の信仰を持っていた。一葉と半井桃水の交際には批判的で、別離を強く勧めた。


【田中みの子】

一八五六～一九二〇。出雲松江藩の藩士の娘。『鎌倉紀行』は、中島歌子と鎌倉に遊んだ時の紀行文であり、一葉の紹介で、森鷗外が主宰した文芸雑誌『しがらみ草紙』に掲載された。


【馬場孤蝶】

英文学者。一八六九～一九四〇。政治家・馬場辰猪（たつい）の弟。孤蝶の一葉論には、「一葉全集の末に」（『新世社版　樋口一葉全集　別巻』）などがある。

07

卯の花の憂き世の中のうれたさにおのれ若葉の蔭にこそ住め

若葉かげ

卯の花が咲く季節は、憂き世の辛さが、恨めしく感じられる。だから、わたしは、若葉の蔭に心清らかに隠れ住みたいのだ……。

明治二十四年四月十一日から始まる「一葉日記」の序文の末尾に掲げられた一首である。「卯の花」の「う」には、辛いという意味の「憂し」が響き、「すめ」にも、「住む」と「澄む」の掛詞の技法が使われている。日記の冒頭に、序文と和歌一首を置いたのは、一葉にとっての文学世界が、「和歌と散文」の連結や融合から成り立つことを象徴しているように思われる。

【出典】

『樋口一葉全集』（筑摩書房）第三巻・上。日記『若葉かげ』（明治二十四年四月～六月）。

【若葉の蔭】

一葉は序文の中で、「若葉かげ」という命名について、「行末（ゆくすゑ）繁（しげ）れの祝ひ心には侍（はべ）らずかし」と断言している。古典和歌では、小松を庭に植えて、それが千代に八千代に繁り栄え、その蔭に、池水が澄み渡り、底に映る月影も澄みきっている、という祝いの歌が多い。一葉は、卯の花が象徴する「憂し＝つら序文には、「思ふこと言はざらむは、腹膨るるてふ喩へも侍れば」とか、「もとより、世の人に見すべきものならねば」とあり、『徒然草』第十九段の「思しき事言はぬは、腹膨るる業なれば」や、「人の見るべきにもあらず」という表現と関連する。

四月十一日の記述は、歌日記の様相を帯びる。本郷菊坂町の家から妹の邦子と連れ立って上野の花見をし、亡き父を偲んで「*山桜 今年も匂ふ花影に散りて返らぬ君をこそ思へ」という和歌を詠んだこと、妹との会話では、『徒然草』の「花は盛りに、月は隈なきをのみ見るものかは」という一節を話題にしたこと、隅田川畔の吉田かとり子の邸で開かれた萩の舎の女性たちの花見会の模様やボート競争観覧、暮れなずむ隅田川等が美しく綴られる。

けれども、この日記帖の眼目は、四月十五日に知人の紹介で、小説家の半井桃水を訪問し、小説の指導を受けるようになったことである。以後、一葉にとって桃水は、心に秘めた思いの対象となった。なお、*日記の末尾の跋文にも『徒然草』からの引用が見られる。

い」から遁れて、爽やかな若葉の蔭に住み、心を清く保ってゆこうと決意している。

【「山桜」の歌】

今は亡き父の命を、「散りて返らぬ」と歌っている点に、哀切さが籠もっている。散った桜の花は、今年も咲いた。けれども、一度散った父の命は、二度と戻ってこない。

【日記の跋文と『徒然草』】

『若葉かげ』の最後に置かれた跋文には、「究竟（くきやう）は理即（りそく）に等し、とぞ聞く」とある。これは、『徒然草』第二百十七段にある言葉を引用している。人間の悟りの境地と迷いの境地は等しいとする見解である。これから始まる一葉の文学人生は、迷夢の始まりなのか、それとも悟道に通じているのか。『徒然草』の言葉に導かれて、一葉は表現者としての道を歩んでゆく。

08

山の端の梢明るくなりにけり今か出づらむ秋の夜の月

【出典】
『樋口一葉全集』（筑摩書房）第三巻・上。日記『蓬生日記　一』（明治二十四年九月～十一月）。明治二十四年九月十七日の条。

田中みの子邸での歌会

山の輪郭に添う木々の梢が明るくなってきた。今これから、仲秋の名月が、空に昇ってくるのであろうか……。

萩の舎の同門歌人、田中みの子の邸での歌会で詠んだ歌である。この日は、旧暦の仲秋の名月で、「対山待月」という題が出た。萩の舎を主催する中島歌子と、萩の舎の客員歌人である小出粲*も参加していた。その両名から高く評価された歌である。

田中みの子は萩の舎に通いながら、自分でも「梅の舎」という歌塾を開いて、谷中の自邸で歌会も行い、一葉もたびたび参加し

【小出粲】
一八三三～一九〇八。御歌所（おうたどころ）の寄人（よりゅうど）を勤めた。武芸にも通じていた。山県有朋を中心とする旧派和歌の「常磐会」（ときわかい）にも参加しており、森鷗外

ている。年齢は一葉や伊東夏子と比べて、十五歳も年上であるが、門人に華族女性が多かった萩の舎の中で、樋口夏子（一葉）と伊東夏子と田中みの子の三人は「平民組」と称して、仲がよかった。ちなみに、平民組とは言え、経済的に豊かだった伊東延子・夏子の母娘も、萩の舎の人々を自宅に招いて歌会を開き、一葉も萩の舎入門後、早い時期から、伊東家に招かれている。

一葉は、「筆すさび　一」*の中で、谷中の田中みの子の邸の佇まいや、秋草の咲き始めた庭を眺めるみの子の風情を美しく描いている。その情景は、後に短編『たま襷（だすき）』に反映されている。同じ「筆すさび　一」の中で、みの子の家の書生が、邸に気安くやって来る小出粲の態度を憎んだことも、ユーモラスに書き留めている。「一葉日記」には、小出粲が一葉に、和歌*のあり方を真摯に語ったことも書かれている。

一葉が萩の舎に入門したことは、和歌や古典の修学だけでなく、世間や人を見る目を広げ、小説の執筆にも題材を得るなど、測り知れないものがあった。

とも交流があった。

【「筆すさび　一」】
『樋口一葉全集』（筑摩書房）第三巻・下、雑記5。

【一葉と小出粲の語らい】
一葉の日記『水の上日記』（明治二十七年六月〜七月）には、田中みの子が弟子を取って開いた歌会に、一葉と小出粲も参加していたことが記されている。小出粲は、小説の執筆に力を入れ始めた一葉に、「切（せつ）」に歌を詠むこと」を勧めた。彼が中島歌子の「萩の舎」で出会った女性の中で、一葉ほどに歌の才能に恵まれた人物はなく、「必ず千載に名を残して、不朽の事業たるべし」とまで、一葉を高く評価していた。

09

限りなくうれしきものは我(わ)が思ふ人をば人の誉(ほ)むるなりけり

【出典】

『樋口一葉全集』（筑摩書房）第四巻・上、詠草18（明治二十四年十月）。「うれしきものは」という詞書がある。同じ題で、もう一首、「さまざまの思ふことをも見つるかなうれしきものは夢にざりけり」が詠まれている。「ざりけり」は、「ぞありける」の縮まった「ざりける」が文法的には正しい形である。

『枕草子』の文体に倣(なら)う

最高に嬉しいのは、自分が思っている人のことを、他の人が誉めるのを耳にすることである……。

これは明治二十四年十一月九日の萩の舎の月次会(つきなみかい)（月例会）のために詠んだ歌である。ただし、「一葉日記」の当該日の記事には、二十九名の出席者があったことなどは書かれているが、この歌は記されていない。一葉は、日付を記している日記には、萩の舎に行ったことは書いても、自分が詠んだ歌は、ほとんど記入せず、日記帖とは別に、萩の舎の稽古の歌は、詠草としてまとめている。

この歌は、『枕草子』*の「うれしきもの」という段の一節と深く関わる。「嬉しきもの、（中略）思ふ人の、人にも誉められ、止事無（やんごとな）き人などの、口惜（くちを）しからぬ者に、思（おぼ）し、宣（のたま）ふ」、つまり、自分の恋人や夫が、他の人に誉められたり、高貴なお方が、かなりの人物だと評価してくださり、また口にしてくださるのも嬉しい、という『枕草子』の原文を、和歌のスタイルに詠み替えているのである。

一葉は、中島歌子が主宰する萩の舎で、和歌・和文・習字など、古典的な教養を吸収し、その沃野から、自身の文体・表現・問題意識を開花させた。その際に、わが国における文学の王道たる「和歌と物語」に加え、「もう一つの文学世界」である『枕草子』と『徒然草』の批評精神を文学基盤としたのが、一葉の独自性だった。

『枕草子』の真価が人々に認識されるようになるのは、明治二十年代以降であり、まさにその時代を一葉は生きた。一葉の雑記には、萩の舎の門人たちに対する簡潔・明確な人物評や、「物尽（ものづ）くし」などがあることも、『枕草子』との関連を示している。

【一葉の雑記と『枕草子』】

『樋口一葉全集』（筑摩書房）第三巻・下、雑記5「筆すさび　一」には、まず、「春は曙と言ふものから、夕べも、猶（なほ）、懐かしからぬかは」と、『枕草子』の有名な書き出しを踏まえた叙述が現れる。

「蟬は」から始まる文章は、『枕草子』の「物尽くし」（列挙）に倣った蟬のさまざまである。

「桜の直衣（なほし）」から始まる部分は、江戸時代の北村季吟の校訂になる『枕草子春曙抄』の注釈部分の抜き出しである。

そのあとで、「花圃女史（三宅花圃）」から始まって、萩の舎の門人たちに対する、詳しい人物評が始まっている。人物評という点では、『紫式部日記』を思わせる側面もあるが、一葉の拠って立つ基盤は、『紫式部日記』の陰に籠もった他人への悪口ではなく、清少納言の『枕草子』と共通する、歯切れのよい批評だと考えるべきだろう。

10

宮城野（みやぎの）にあらぬものから唐衣（からごろも）なども小萩（こはぎ）の繁（しげ）きなるらむ

【出典】
『樋口一葉全集』（筑摩書房）第三巻・上。日記『蓬生日記　一』（明治二十四年九月～十一月）。明治二十四年十月二十七日の条。

宮城野の小萩

有名な陸奥（みちのく）の歌枕の宮城野でもないのに、この着物には、露の置いた小萩ならぬ、細かな継ぎはぎが、何て多いのかしら……。

明治二十四年十月の「一葉日記」に見える歌である。一葉の和歌は、萩の舎の稽古日の当座詠や宿題の題詠がほとんどだが、これは、歌会に着てゆく着物を洗い張りに出して、自分で仕立て直したことを詠んでいる。袖は二枚はぎ、襟は何と五枚はぎにしたので、「打ち笑ふも、をかし」と、この日の日記に書いている。

宮城野の小萩は、『古今和歌集』の「宮城野の本荒（もとあら）の小萩露を*

【「宮城野の」の歌】

重み風を待つごと君をこそ待て」（よみ人しらず）の歌が名高く、『源氏物語』桐壺巻にも、これを本歌とする和歌がある。

思えば、一葉の最初の日記は、「身のふる衣ごろも　まきのいち」だった。萩の舎の新年発会に、母がようやく工面してくれた、古衣で出席しなければならなかった辛さは、その時に詠んだ和歌が一等賞を取ったことで、かなり埋め合わされたことだろうが、経済的な格差は、いやでも衣裳に表れる。

あれから、四年半余り。樋口家の経済状況は、さらに悪化していた。しかも、半月ほど前には、分籍して別に生計を営んでいる次兄の虎之助から、負債により差し押さえが執行されるという、突然の知らせが来た。母と妹との三人暮らしのぎりぎりの生活だったが、驚いた一葉たちは、虎之助に金銭の援助をした。

綱渡りのような日々ではあるが、掲載歌は、「継ぎはぎ」を「萩」に取りなして、しばし風雅な和歌の世界に打ち興じる、心の奥行きが生まれている。歌を詠むことが、過酷な現実を乗り越えさせてくれるのだ。

「本荒の小萩」は、根元（ねもと）がまばらに映えている萩とも、枯れた枝から生えてくる萩とも言う。『古今和歌集』の歌は、「露を重み」とあるように、びっしりと露が置いている小萩が歌われている。『源氏物語』の桐壺巻では、桐壺更衣が亡くなった弔問の場面で、宮城野の小萩が引用されていた。一葉は、一転して、「継ぎはぎ」の多い着物を、戯画化して歌っている。

一葉のこの歌に「唐衣」という言葉が使われているのは、『伊勢物語』第九段の「唐衣着つつなれにし…」の歌をかすめているのであろう。さらに「唐衣」からの連想で考えれば、江戸時代後期の狂歌師、唐衣橘洲（からごろも・きっしゅう）や大田南畝たちのような狂歌も思い浮かぶが、一葉の歌には、どことなく『古今和歌集』以来の「誹諧歌」（はいかいか）の系譜に属するような古典的な雰囲気が感じられる。

11

めづらしく朝霜見えて吹く風の寒き秋にもなりにけるかな

【出典】
『樋口一葉全集』（筑摩書房）第三巻・上。日記『蓬生日記　一』（明治二十四年九月～十一月）。明治二十四年十月三十一日の条。

中島歌子の和歌指導

今朝は珍しく霜が降りた。吹く風も、心なしか寒い。ああ、いつの間にか秋も深まり、もうすぐ冬も来ようものを……。

この日は萩の舎の稽古日で、一葉は「暮秋の霜」という歌題を、このように詠んだ。すると中島歌子先生に「実景である」と評されて、高得点を得たことが日記に書かれている。

霜と風の寒さを承(う)けて、「寒き秋にもなりにけるかな」という詠嘆を出したのは、秋から冬への変化を、皮膚感覚で感じ取ったからである。歌題の「暮秋」の季感が、今朝の実感を通過することによって鮮やかに表現された点を、歌子は評価したのだろう。

　この歌のように、歌題という器に、当日の朝の実景を注ぎ込むこともできるのだ。「題詠」の奥深さを見る思いがする。

　この日は、もう一つ「紅葉、水に浮く」という題が出されて、一葉は「*いささ川渡らば錦とばかりに散りこそ浮かべ岸の紅葉(もみぢ)葉(ば)」と詠んだ。しかし、この歌は、厳しく批判された。一葉は、「龍田川(たつたがは)紅葉(もみぢ)乱れて流るめり渡らば錦(にしき)中や絶えなむ」（『古今和歌集』）を本歌取りして詠んだつもりだったが、「本歌を取りて、そを、受けたる言葉なし」、つまり、本歌取りするならば、その本歌の中に使われている言葉を明確に入れて詠まねばならないのに、一葉の歌にはそれが表れていない、と指摘されたのである。

　ちなみに、二ヶ月ほど前に、「*新秋雨涼」という題で、庭の桜の葉が色づいているのを、「降る雨に桜の紅葉(もみぢ)濡れながら」と詠んだが、いくら実景でも、まだ「桜の紅葉」という表現は早すぎるとして、歌子は「染め出(い)でし桜の下葉」という添削例を示した。萩の舎での緩急自在な和歌指導が具体的にわかり、興味深い。


【いささ川】

「いささ川」は小川のこと。『源氏物語』の注釈書では、「犬上（いぬがみ）のとこの山なるいささ川いさと答へて我が名漏らすな」という古歌が、引かれることがある。『万葉集』や、『古今和歌集』の墨消歌（すみけちうた）では、「鳥籠（とこ）の山なる名取川」である。

　中島歌子が、一葉の「いささ川」の歌を読んで批判したのは、「本歌の言葉が使われていない」という点だった。それは、「錦」と「紅葉」とあれば、「龍田川」という歌枕が詠まれるべきなのに、それが一葉の歌には見当たらない、という指摘だったのかもしれない。たしかに、「いささ川」から、「紅葉」の古歌を連想することは困難である。


【「新秋雨涼」の歌】

『樋口一葉全集』（筑摩書房）第三巻・下「雑記5　筆すさび　一」に、「葉月二十日の頃」として記述されている。

12

いかばかり長閑（のどか）に立ちし年ならむ霜だに見えぬ朝ぼらけかな

【出典】

『樋口一葉全集』（筑摩書房）第三巻・上。日記『につ記　一』（明治二十五年一月～二月）。明治二十五年一月一日の条。この年、一葉は、数えの二十一歳を迎えた。

12の歌が載る『につ記　一』の末尾部分には、「和歌四天王の著名の歌」として、頓阿「月宿る沢田の面に立つ鴫の氷より立つ明け方の空」、兼好「手枕の野辺の草葉の霜枯れに身はならはしの風の寒けさ」、浄弁「湊江の氷に立てる蘆の葉に夕霜さやぎ浦風ぞ吹く」、慶運「庵結ぶ山の裾野の夕雲雀

新しい年と、文学活動の開始

何とのどかな新年の始まりだろうか。元旦の朝がほんのり明るくなって、外を見ると霜が降りた様子もないほどである……。

明治二十五年一月一日の日記に書かれた歌である。この日は、もう一首、「呉竹（*くれたけ）の思ふ節（ふし）なく親も子も伸び立たむ年の始めともがな」が書かれている。親子三人、のびのびと、思い煩うことなく過ごす、始めの日であってほしいという気持ちを詠んでいる。これから始まる一年の平安と幸せを願う二首である。「一葉日記」に点在する和歌の数は決して多くないが、萩の舎での詠歌以外に、

一葉の私的な心情を記すかけがえのない場所が、日記だった。

さて、一葉にとって明治二十五年は、文学活動が実質的に開始した記念すべき年となった。

前年四月に半井桃水*に入門した一葉であったが、文芸誌に掲載できる作品の執筆は、難渋した。けれども、明治二十五年の三月から七月にかけて、『闇桜(やみざくら)』『たま襷』『五月雨(さみだれ)』の三編が桃水主宰の雑誌『武蔵野』に掲載され、『改進新聞』にも桃水の指導による『別れ霜(じも)』が連載された。この他に『経(きょう)づくえ』が、樋口家と親しい野尻理作*の『甲陽新報』に連載され、萩の舎の先輩である田辺龍子の推薦により、『うもれ木(ぎ)』が『都の花』に載った。

このように見てゆくと、一見、順調な滑り出しのように思われるが、それと同時進行で、桃水との師弟関係が、一葉の母や妹、そして萩の舎の人々から非難され、ついには小説指導を受けるのを断念する事態になり、一葉は精神的に大きな動揺を経験することになる。この後、桃水に寄せる一葉の思いは、和歌の中にさまざまに詠まれ、思弁的な世界へと昇華してゆく。


上がるも落つる声かとぞ聞く」が書かれている。この四首は、江戸時代から有名だった。


【「呉竹の」の歌】

「呉竹の思ふ節」の「節」は、竹の「節」と、心が留まる箇所という意味の「節」の掛詞。また、「呉竹」と「伸び」が縁語である。


【半井桃水】

一八六〇〜一九二六。長崎県対馬出身の小説家。東京朝日新聞記者となり、新聞小説で活躍。現在では、「樋口一葉の師」として記憶される。


【野尻理作】

一八六七〜一九四五。一葉の両親が庇護した人物。一葉の幼なじみで、『甲陽新報』の編集主幹。

13

行(ゆ)く水の浮(う)き名(な)も何か木(こ)の葉舟(はぶね)流るるままに任(まか)せてを見む

和歌・小説・人生

浮き名など、いずれ流れ去ってゆく。木の葉舟のようなはかないこの身だが、いっそ人生の流れに任せてみようではないか……。

明治二十五年六月の「一葉日記」に見られる歌である。「浮き名」とは、半井桃水への師事を、萩の舎の人々が誤解していることを指すが、「行く水」「流れ」*「木の葉舟」など、一葉の人生にかかわるキーワードが出ている。詠草では、「人言(ひとごと)の、いとさがなきを聞けど、言ひ解(と)かむも、なかなか煩(うるさ)しとて」という詞書(ことばがき)が付いており、弁解などしたりせず、悪い噂を聞き流す態度を明記して

【出典】

『樋口一葉全集』（筑摩書房）第三巻・上。日記『日記』（明治二十五年三月〜四月）の末尾の余白に書き込まれた和歌。実際に詠まれたのは、六月のこと。『につ記』（明治二十五年四月〜五月）の五月二十九日の条にも見える。

『樋口一葉全集』（筑摩書房）第四巻・上の「詠草30　みやぎ野」にも載っており、鑑賞文で紹介した詞書が付いている。

「任せてを見む」の「を」は、強調を表す間投助詞。

『和泉式部続集』に、「萩原に伏す小

いる。

この日記も「若葉かげ」と同様に、書き出しの三月十二日は、萩の舎の向島探梅会、十七日は田中みの子の歌会など、和歌の世界から始まる。その後、三月十八日には、半井桃水が雑誌『武蔵野』の発売日と本郷西片町への転宅を知らせに、一葉宅を初訪問した。母は桃水に好感をもったが、邦子は警戒心を表している。

萩の舎（和歌）・桃水（小説）・家族（日常）という、三つの世界が、一葉の中で鬩（せめ）ぎ合う。

和歌は一葉の文学人生を貫く、絶えざる流れであり、吹き渡る風の道である。萩の舎の人々からは、桃水との交際を断つように言われ、小説の執筆も思うように進まず、悩んでいた時期である。三月二十四日には、桃水宅を一葉が訪問し、自分の小説が世間に通用しないのではないかと問うた。桃水はもう少し辛抱すれば好転するし、経済的な援助も考えよう、と親身になってくれた。*一葉は、図書館で執筆に有益な本を読んだり、中島歌子からも、文章にせよ和歌にせよ「気骨」が大切という助言を受けた。

男鹿（さをしか）も言はれたりただ吹く風に任せてを見よ」という歌があるが、やはり男女関係に関する悪い噂を聞き流す内容である。

【木の葉舟】

木の葉を舟に喩えることは、『古今和歌集』の「白波に秋の木の葉の浮かべるを海人（あま）の流せる舟かとぞ見る」（藤原興風）などの例がある。

【一葉と図書館】

一葉は、上野の図書館に足繁く通い、本を読んだ。現在の国立国会図書館の前身である東京図書館である。雑記5「筆すさび　一」には、「図書館は忍岡（しのぶがをか）の西の隅（すみ）」、「音楽学校は向かひにて、美術学校はその背向（そがひ）」であると、位置関係を記している。

14

いとどしく辛かりぬべき別れ路を逢はぬ今より偲ばるるかな

【出典】
『樋口一葉全集』(筑摩書房)第三巻・上。日記『につ記』(明治二十五年四月〜五月)の五月二十九日の条。ただし、鑑賞文に書いたように、実際には六月に詠まれた。

【いとどしく辛かりぬべき】
「いとどしく」は、よりいっそうの意。今でもつらいのに、これからはもっと辛くなるに違いない、というニュアンス。「ぬべき」(ぬべし)は、そうなることが確実である、きっとそうなるという、強い推定を表す。

【大人(うし)】

桃水との別れ

日が経つにつれて、なおいっそう辛くなる別れとなるであろうと、まだ別れを告げる前の今から思われることだ……。

明治二十五年六月に詠まれた歌である。「今日を限りと思ひ定めて、大人のもとを訪はむといふ日、詠める」という詞書が付いている。

一葉が、桃水の家を訪問して、離別を告げた日のことは、「一葉日記」の明治二十五年六月二十二日に書かれているが、そこにはこの和歌は出ていない。

六月一日から始まる「一葉日記」の冊子（『日記　しのぶぐさ』）は、*「桃水帖（とうすいちょう）」とでも名付けてよいような日記帖で、桃水との交際を断念するまでの二十日余りの苦悩が綴られている。

この頃、中島歌子の母、幾子（いくこ）が病に臥し、萩の舎の人々も心配して、かわるがわる見舞いに訪れていたが、六月三日に幾子は死去した。その後の十日祭の折に、伊東夏子から、半井桃水との交際を断つことを強く言われたので、一葉も六月二十二日に桃水宅を訪れて、友人・師匠・家族たちから、桃水の小説指導を受けることを止めるように言われ、今後は指導を辞退すると述べた。

桃水は、独身の男女が師弟として交流することを世間の人々が懸念する気持ちもわからないではないと言って、一葉の決心を受け止めた。帰りが遅いのを心配して、妹の邦子が迎えに来たのは、家族も心配なのだろうと、この日の日記は結ばれている。

一葉は、桃水からの小説指導は断念したが、その後も、七月十二日に、中元の挨拶に桃水宅を訪問したりしている。ただし、桃水は転居の準備に忙しく、語らうこともなく帰宅したのだった。

先生や学者などに対する尊敬の気持ちをこめた言葉。半井桃水は、一葉の小説の師であるので、「大人」と呼んでいる。

【桃水帖】

「一葉日記」には、半井桃水への思いが強く、継続して表れている。島内裕子「『桃水暦』としての一葉日記と徒然草」（『放送大学研究年報』十一号、平成六年三月）参照。「桃水暦」というのは、桃水の指導日が、後年の日記で、あたかも記念日のように回想されていることを指す命名である。

15

吹*く風の便り(たよ)は聞かじ荻(*をぎ)の葉の乱れて物を思ひもぞする

心の中を詠む

風の便りという言葉があるが、もう何も消息は聞くまい。風に荻(おぎ)の葉が乱れるように、心が思い乱れたらいけないから……。

この歌は、明治二十五年八月七日の「一葉日記」に書かれているる。半井桃水への師事は断絶したが、交流が全く途絶えていたわけではない。この前日には、桃水の弟が一葉家に茶を一筒、贈りに来ている。この頃、桃水は神田三崎町で葉茶屋を開店していた。その桃水家に、野々宮菊子*が出入りしていたので、菊子を通して、桃水も一葉も、お互いに相手の様子を知ることができた。けれど

【出典】

『樋口一葉全集』(筑摩書房)第三巻・上。日記『しのぶぐさ』(明治二十五年六月〜八月)の八月七日の条。

【吹く風の便り】

『古今和歌六帖』に、「人伝(ひとづ)て」という題で、「波にのみ濡れつるものを吹く風の便りうれしき海人(あま)の釣り船」という歌がある。一葉は、その反対に、「吹く風の便りは聞かじ」と、きっぱりと歌っている。

【荻の葉の乱れて】

荻の葉が風に乱れるさまに、心の乱れを象徴させることは、「荻の葉ぞ風

も、そうであればこそ、一葉は、このような歌に託して、みずからの心を詠まずにはいられなかった。

野々宮菊子は、樋口家と半井家を繋ぐ、キーパーソンだった。菊子は、一葉の妹の邦子が、裁縫の稽古で知り合った友人である。菊子は、東京府高等女学校時代に、桃水の妹の半井幸子（こうこ）と同級だった。樋口家の経済的な困窮を改善すべく、一葉は小説を執筆して原稿料を得ることを考えた。菊子が幸子を通じて、新聞小説家である半井桃水への橋渡しをしたのだった。菊子は、一葉から和歌の指導を受けており、一葉家をしばしば訪問していた。

八月七日も、菊子は終日、一葉の家で和歌の稽古をしてもらい、その時に、桃水家を訪問したことや、その折に一葉のことも話題に出たと知らせた。その後に、「我、かく歌ふ。ただし、心の中なり」と書いて、15の歌を記した。

一葉は、自分の心の中だけで考えたこと、感じたことは、友人や家族にも言わなかった。そのような心を吐露する場として日記があり、和歌がある。

に乱れて音すなる物思ふほどに秋や来（き）ぬらむ」（続後撰和歌集、山田法師）などの用例がある。

【野々宮菊子】

一八六九～一九一四。菊子は、一葉を半井桃水に紹介した恩人であるが、桃水の悪い噂を一葉に聞かせた人物でもあった。一葉の『につ記』（明治二十五年四月～五月）の五月二十二日の条には、前夜から泊まりに来ていた菊子に、桃水の「性情」や「人物」を聞かされて、「俄（にはか）に、（桃水との）交際をさへ絶ちたくなりぬ」という気持ちになったと書かれている。この頃、桃水の弟がもうけた子を、桃水自身の子であるとする噂があった。

16

繁り合ふ若葉に暗き迷ひかな見るべきものを空の月かげ

【出典】

『樋口一葉全集』（筑摩書房）第一巻。小説『五月雨』。掲出した和歌は、二人の女性から思いを寄せられ、どちらへも好意を持ち、どちらか一人に決めかねた青年の苦悩を詠んでいる。

「空の月かげ」は、悟りの境地。明るい月の光が、繁り合う若葉に隠れて見えなくなっている。「繁り合ふ若葉」は、二人の若い女性を指している。

一葉の初期小説と和歌

若葉が茂る五月闇の季節。わたしの心も、恋の迷いの闇の中。こんな時こそ、天空に輝く月の光を見たくてたまらない……。

一葉は、明治二十四年四月十五日に、新聞小説家の半井桃水に入門して、小説の指導を受けた。12でも述べたが、桃水は翌年の三月に、雑誌『武蔵野』を創刊して、一葉の『闇桜』を掲載し、その後、四月に『たま襷』、七月に『五月雨』を、同誌に掲載した。三編とも、和歌的な表現が横溢する擬古文で書かれている。けれども、和歌自体は三編を通して、『五月雨』の末尾近くに、この一首が入っているだけである。

『闇桜』は、隣同士で仲がよかった、幼馴染(おさななじ)みの青年と娘の悲劇である。娘は同級生にからかわれて以来、恋心を自覚し、忍ぶ恋の辛さに、遂に息絶える。「風もなき軒端の桜、ほろほろとこぼれて、夕やみの空、鐘の音(ね)かなし」という一行で終わる。一葉自作の和歌に、「風もなき軒ばの桜ほろほろと散るかと見れば暮れ初(そ)めにけり」*という歌が、明治二十五年の春に詠まれている。

『たま襷』は、維新後は両親や乳母に先立たれ、淋しく一人暮らしをしている十九歳の旗本家の令嬢が、二人の男性から心を寄せられて、遺書を書き残す場面で終わる。萩の舎入門後の明治二十一年四月に一葉がまとめた「恋百首」には、「などてかく一つ心を玉襷二方(たまだすきふたかた)にしも思ひかけけむ」*という歌がある。

『五月雨』は、二人の女性から心を寄せられた青年が出家する話である。ただし、『闇桜』や『たま襷』とは結末が異なり、16の歌を記した短冊を残してゆくえ知らずになった青年の雲水姿を、女性たちが散策中に見かけて驚く場面で終わる。


【「風もなき」の歌】

『樋口一葉全集』(筑摩書房)第四巻・上。数詠6「かずよみ詠草」。

「ほろほろと」は、古典和歌では雉子などの山鳥の鳴き声や、涙がこぼれるさまを表し、桜が散るようすを歌うことは少ない。一葉の「ほろほろと」は、近世・近代的な詠みぶりである。


【「などてかく」の歌】

『樋口一葉全集』(筑摩書房)第四巻・上。詠草19「恋百首」。題は、「両方恋」。

「玉襷」の「玉」は、美称の接頭語。「たすき」は、肩にかけるので、「思ひかく」にかかる。どうして、襷を「一方(ひとかた=一肩)」ではなく、「二方(ふたかた=二肩)」にかけてしまったのだろう、と嘆いている。

17

波風(なみかぜ)のありもあらずも何(なに)かせむ一葉(ひとは)の舟の憂(う)き世(よ)なりけり

達観する一葉

世間の波風の有り無しなど言っても始まらない。所詮(しょせん)、この世は辛い憂(う)き世(よ)。一葉舟のように翻弄されるほかはない……。

「浮き世」と「憂き世」が掛詞になっている。

明治二十五年八月二十二日、旧知の渋谷三郎が久しぶりに一葉家を訪問した。一葉は、明治十六年に私立青海(せいかい)学校の小学高等科四級を修了した翌年の秋から、松永政愛の妻に裁縫を習いに行っていた。松永も一葉の父*則義(のりよし)も、同郷の*真下晩菘(ましたばんすう)を頼って上京し、何かと世話になっていた。その晩菘の孫である*渋谷三郎が、東京

【出典】
『樋口一葉全集』（筑摩書房）第三巻・上。日記『しのぶぐさ』（明治二十五年六月～八月）の末尾、八月二十三日の条。

【一葉の父親】
一八三〇～八九。甲州の生まれだが、古屋あやめ（後に樋口たき）との結婚を反対され、二人で出奔して江戸に出る。真下晩菘の援助を受ける。同心株

専門学校に入学して上京し、松永家を訪れるようになり、一葉と出会った。一葉は数えで十四歳、三郎は十九歳だった。則義は自分の存命中に、三郎と一葉との結婚を望んでいたが、則義が明治二十二年七月に亡くなった後は、この結婚話もいつのまにか消滅した。

それから三年も経（た）ったこの日、渋谷三郎は久しぶりに一葉家を訪ねて近況などを語り、一葉の小説も読んでいることや、則義の没後、一葉家の家計が苦しいとは知らなかったと言い、小説の出版費用も立て替えようなどと申し出た。当時三郎は検事に昇進して、「月俸五十円なりと言ふ」と、一葉は日記に書いた。一葉家では、三郎の援助を取り合わなかったが、一葉はこの日の日記に「思へば、世は有為転変なりけり。（中略）此（こ）の人の、かく成（な）り上（のぼ）りたるなむ、殊（こと）に、浅からぬ感情ありけり」と書いている。

17歌は、13歌とも通底する一葉の人生観が表れているが、特に17の背景には、江戸時代以来有名だった、伝兼好歌の「世の中を渡り比べて今ぞ知る阿波（あは）の鳴戸（なると）は波風もなし」という教訓歌がある。激しい渦巻よりも、人生の荒波の方が恐ろしいのだ。

を買い、士分になるが、大政奉還で失職。明治維新後は、東京府の役人となる。長女・ふじ、長男・泉太郎、次男・虎之助、次女・奈津（夏子、一葉）、三女・邦子がいる。三男・大作は夭折。裕福だったが、退職後に、荷車請負業組合への投資が失敗し、経済的に苦しくなっていった。

【真下晩菘】
一七九九～一八七五。甲州出身。江戸に出て、幕臣となり活躍。甲州出身者を庇護。

【渋谷三郎】
一八六七～一九三一。阪本三郎とも。真下晩菘の孫に当たり、樋口家と親しく、一葉と結婚する話もあった。東京専門学校卒。文官高等試験に合格し、司法関係の要職に就いた。その後、大隈重信内閣の時代には、秋田県知事・山梨県知事を勤める。早稲田大学教授のほか、産業界でも活躍した。妻は、子爵（旧土佐藩士）清岡公張（ともはる）の娘。

18

降る雪に埋もれもやらで見し人*の面影浮かぶ月ぞ悲しき

甦る思い

降り積もった雪もようやく止み、空には月が出ている。わたしの思いは雪にも埋もれずに、恋しい人の面影が月に浮かぶのが悲しい……。

この歌に続けてもう一首、「わが思ひなど降る雪の積もりけむ遂に解くべき仲にもあらぬを」*が書かれている。どちらも、半井桃水に対する、断ちがたい一葉の思いを詠んでいる。

この日は、明け方から一日中雪が降り続いていた。夜、外の様子を見ようと雨戸を開けてみると、一面*の雪景色が、きらきらと

【出典】

『樋口一葉全集』（筑摩書房）第三巻・上。日記『よもぎふにつ記』（明治二十五年十二月～二十六年二月）の明治二十六年一月二十九日の条。

【見し人】

昔、親しく逢ったことのある人。『源氏物語』東屋（あずまや）巻に、「里の名も昔ながらに見し人の面（おも）変はりせる閨（ねや）の月かげ」という、薫の歌がある。

一葉の歌は、古典和歌に多い、「見し人」の「面影」が「月」に浮かぶという趣向に加えて、「雪」の要素を加

燦めいて、月が空高く昇っていたのだった。「こころ思ふことを、皆がら捨てて、有無（うむ）の境（さかひ）を離れむと思ふ身に、猶（なほ）、忍（しの）び難（がた）きは、此（こ）の雪の景色なり」。一葉の胸を過（よ）ぎるのは、明治二十五年二月*四日、桃水と差し向かいで過ごした雪の日の記憶であった。それを、自分を現世に引き留める、心の拠（よ）り所（どころ）としたのである。

というのも、前日の日記には、萩の舎の中島歌子に「養子のこと、取り定まりて」とあり、そのことが一葉を動揺させ、「有無の境」、すなわち生死を離れようとする、絶望的な心境になったのではないかと推し測られるからである。養子が定まったからには、萩の舎の後継者への道が、所詮は儚（はかな）い夢でしかなかったわけで、自分の寄る辺なさを、今更ながら痛感したことだろう。

そのような心理状況は、翌日の「雪の日」によって、一気に桃水への思いを甦らせ、かろうじてそのことを、現世との繋がりの糸として意識させた。少し後の日記にも、一葉はみずからの恋愛論を書いている。そこでも、心の内に思いを秘めながら、表面は世間の常識に従う生き方に触れている。

味した点に特徴がある。

【「わが思ひ」の歌】

「など降る雪の積もりけむ」は、「どうして、降り積もる雪のように、積み重なったのであろうか」の意。「解く」は、雪が融ける（溶ける）と、仲良くなって打ち解けるの掛詞。

【雪の比喩表現】

この日の雪の描写には、地上に降り敷いた雪を、「銀（しろがね）の砂子（すなご）を敷きたるやうに」と表現しているし、夜空の様子は、「ただ磨ける鏡のやう」だと、美しく喩えている。

このうち、「鏡」の比喩は、状況は異なるが、『源氏物語』浮舟巻に、雪の積もった山が、「鏡を掛けたるやうに、きらきらと夕日に輝きたる」とある場面を想起させる。

【明治二十五年二月四日】

激しい雪の中、桃水宅を訪ねた一葉と、桃水は文学について語り合い、手製の汁粉を作ってもてなした。

19

見る*めなき恨みは置きて寄る波の唯（ただ）ここよりぞ立ち帰らまし

【出典】

『樋口一葉全集』（筑摩書房）第三巻・上。日記『よもぎふにつ記』（明治二十五年十二月～二十六年二月）の明治二十六年二月十一日の条。この日記の最終日である。「立ち帰る」と「立ち返る」が掛詞になっている。

【「見るめなき」の歌】

この歌は、海浜風景に託して、荒寥たる心象風景を歌っている。「見る目」は「海松布（みるめ、海藻の一種）」を掛け、「恨み」には「浦見」を掛けている。小野小町の、「みるめなき我が身を浦と知らねばや離（か）れなで

桃水との経緯（ゆくたて）

あの方の姿を見られないのを恨む気持ちはさて置き、ここまで来たからには、このまま逢わずに帰ろう。それがよいのだ……。

明治二十六年二月十一日、一葉は妹の邦子と九段まで出かけた帰りに、神田三崎町の半井桃水の葉茶屋の店舗の近くを通ったのだが、一葉は、店の様子を遠くから見ただけだった。掲載歌は、詠草帖にも収められて、そこでは「よそながら門を過ぎて、逢（あ）はず」という詞書が付く。日記では、この歌の後に続けて、「いと愚かなりや。人に言ふべきにもあらぬを」と書いて、このように

内心を吐露することは愚かなことであると自省している。

　二十三日の日没後、戸締まりもしてから、思いもよらず桃水が来訪した。一葉は桃水のことを、「嬉しきにも、悲しきにも、つゆ忘れたる暇なく、夢・現、身を離れぬ人」と、この日の日記に書いている。桃水は無沙汰を詫びて、刊行された自著『胡砂吹く風』上下二巻を、寄贈しに来たのだった。しかも、『都の花』に掲載された、一葉の小説『暁月夜』もすでに読んでいて、そのことを詳しく話して帰っていった。一葉はこの夜、桃水の『胡砂吹く風』に読み耽って、「我が為、生涯の友、これを置きて外に何かは」と書き、「引き留めむ袖ならなくに暁の別れ悲しく物をこそ思へ」という歌を詠んだ。もう夜が明けるので読書を中断しなければならない切ない気持ちを、桃水への慕情をこめて歌っている。

　二月二十六日には、今は結婚して三宅雪嶺夫人となった龍子（旧姓田辺）から、星野天知の手紙と『文学界』第一号を託され、一葉の文学世界は、桃水から次第に離陸する。なお、天知は一葉のことを「つむじまがりの女史」と言っていたという。


海人の足たゆくくる」（『古今和歌集』）という和歌が想起される。

　寄せてきた波が、必ず沖へ帰ってゆくように、自分も引き返そう、と歌っている。「波」が「唯（ただ）」、「ここより」立ち返るという表現は、『源氏物語』須磨巻の、「波、唯、ここもとに立ち来る心地して」という、人口に膾炙した一節を連想させる。

【半井桃水の『胡砂吹く風』】

　『胡砂吹く風』は、朝鮮半島を舞台とする活劇である。一葉は、扉に、和歌を献じている。詞書は、「桃水大人（うし）が、ものしたまひし『胡砂吹く風』を見参らせて、かくは」とある。「ものす」は、ここでは「書く」「著す」の意味。歌は、「朝日さすわが敷島（しきしま）の山桜あはれかばかり咲かせてしがな」。本居宣長の、「敷島の大和心を人問はば朝日に匂ふ山桜花」を踏まえている。

20

いでや君などさは寝ぬぞぬば玉の夜は夢ぞかし世は夢ぞかし

【出典】

『樋口一葉全集』（筑摩書房）第三巻・上。日記『よもぎふ日記』（明治二十六年二月〜三月）の明治二十六年三月十六日の条。これも、この日記の最終日である。

【などさは寝ぬぞ】

直訳すれば、「どうして、そのように、寝ないで起きているのか」。早く寝た方がよい、というニュアンス。

『袋草紙』（ふくろぞうし）などに、幼い稚児が詠んだ歌が載っている。「鶯よなどさは鳴くぞ乳（ち）や欲（ほ）しき小鍋や欲しき母や恋しき」。この

歌日記から『文学界』へ

妹よ、なぜ寝られないの。お前が何をそんなに悩んでいるか、わたしにはわかるけれど、夜は夢。そしてこの世も夢……。

明治二十六年三月初めから四月半ばにかけて、一葉の日記は、それまでに見られなかったほどに、和歌が鏤められていて、さながら歌日記の様相を呈している。その中でこの歌は、妹の邦子が、同郷の野尻理作[*]の結婚の噂に落胆し、思い悩んでいることを詠んでいる。

これまで「一葉日記」の二大トピックは、萩の舎での稽古と半

井桃水への揺れる気持ちを書き綴ることだった。それが明治二十六年三月以降、大きな変化の潮目が表れてくる。文芸同人誌『文学界』の平田禿木（とくぼく）*が、三月二十一日に菊坂の一葉宅を初訪問したのを機に、一葉の『文学界』への寄稿が始まるのである。禿木の訪問は、一葉の心の扉を大きく開く出会いとなった。禿木と一葉は、すでにそれぞれが『徒然草』に深く共鳴する読書体験を持っていた。一葉が心の中で醸成してきた人生観や世界観は、禿木との出会いによって、次第に明確な形を取ることになる。

一葉は、『文学界』に寄稿する小説の執筆に追われ、萩の舎の稽古も欠席しがちとなったが、それだけにと言ってよいほど、この時期は二十首余りもの歌を日記に書き留めている。打ち消すことのできない桃水への恋心、萩の舎の女性から家庭内の悩みを相談する手紙が来たこと、邦子の悩み。

これら女性たちの心に共感し、慰める和歌を詠んでいる。周囲の人々の悩みに寄り添う、この時期は、「一葉日記」の大きな屈折点であり、小説の登場人物のリアリティにも繋がってゆく。

「などさは鳴くぞ」を、「などさは寝ぬぞ」と転じたのだろうか。

【野尻理作】
12の脚注参照。邦子は、彼との結婚を夢見ていた。

【平田禿木】
一八七三〜一九四三。英文学者。翻訳家・随筆家としても名高い。一葉の『徒然草』理解については、本書でもこれまで折に触れて指摘してきた。禿木には、『文学界』第一号に発表した評論「吉田兼好」がある。

21

我(われ)こそは達磨大師(だるまだいし)になりにけれ訪(とぶら)はむにも足無(あしな)しにして

困窮を詠む

わたしはとうとう達磨さんになってしまった。どこかに出掛けようとしても、足ならぬ「おあし（銭）」がないのだもの……。

知人の葬儀*に香華(こうげ)も出せないほど困窮している状況を詠んだ、明治二十六年四月の歌である。

この一か月ほど前の日記にも、「昨日より、家の内(うち)に、金といふもの、一銭もなし。母君、これを苦しみて、姉君のもとより、二十銭借り来る」*、という記述が見られる。けれども、そこでは、直接に経済的な逼迫(ひっぱく)を和歌に詠むことはなかった。

【出典】

『樋口一葉全集』（筑摩書房）第三巻・上。日記『蓬生日記』（明治二十六年四月〜五月）の明治二十六年四月十九日の条。

【訪はむ】

出かけるの意の「訪（とぶら）ふ」に、弔問する意の「弔（とぶら）ふ」を掛ける。

【知人の葬儀】

この時に亡くなったのは、関根只誠（しせい、一八二五〜九三）。関根正直（まさなお）の父で、国文学者・演劇通として知られた。本業は、日本橋の魚それに対して、この歌では、危機的な状況を、ユーモアを交えて詠んでいる。現実認識とそれへの対応を、和歌によって乗り越えようとする姿勢が見られるように思う。和歌のスタイルが、次第に一葉の中で多様化し、柔軟に現実に即応しつつ、その間合いを測れるようになっているのである。

この歌の詠みぶりについて、もう一つ注目したいのは、「一葉（いちよう）」という筆名の出典との関わりである。というのは、絵画に、達磨が蘆の一葉舟（ひとはぶね）に乗って水の上を渡る構図がよくあり、達磨と一葉舟は、連結している。つまり、一葉という筆名と達磨は、わかちがたく結びついている。

一葉舟という言葉のイメージは、まるで一枚の木の葉のような、ささやかな小舟の儚さであるが、達磨が乗る蘆の一葉舟は、不思議な自在さを感じさせもする。

「一葉」という筆名は、儚さの中に、どこかしら、禅の世界にも通じていて、自在で自由な精神も込められているように、思われてくるのである。

問屋だった。

【「昨日より」の日記】
『樋口一葉全集』（筑摩書房）第三巻・上。日記『よもぎふ日記』（明治二十六年二月〜三月）の三月十五日の条。

22 繰り返し見るに心は慰まで悲しきものを水茎（みづくき）の跡（あと）

【出典】
『樋口一葉全集』（筑摩書房）第三巻・上。日記『につ記』（明治二十六年五月〜六月）の六月十日の条。なお、『よもぎふ日記』の明治二十六年三月十五日の条には、第四句を「涙落ち添ふ」として類似歌が載る。

【水茎の跡】
「一葉日記」では、22の歌の直前に、桃水の著書を「見るも憂（う）し、見ざるも辛（つら）し」ともある。桃水の本を読んでも、読まなくても、一葉の心には苦しさが湧き上がる。まして、自筆で書かれた手紙を読めば、一葉の

桃水への思いと『徒然草』

あの方からの手紙をくり返し眺めても心は慰むどころか、かえって悲しいのは、その筆跡がその人の心を表すからなのだ……。

「水茎の跡」*とは、筆跡のことである。一葉は、「文字こそ、人の心を表（あらは）すものなれ」*と述べて、萩の舎の女性たちの筆跡と人柄を関連づけて論評している。

「一葉日記」には、折に触れて、『枕草子』や『徒然草』の文体に倣った、評論的な文章が挟み込まれている。そのような書き方のさらなる深まりとして、この歌を含む日記は、『徒然草』を基

盤に置いて、桃水への思いを、思弁的・内省的な恋愛論のスタイルで書く姿勢が見られる。

たとえば、「*恋は、尊く、あさましく、無残なるものなり。徒然の法師が発心のもとも、（中略）是れに導かれて、と聞き渡るこそ尊けれ」とある。この部分は、『徒然草』自体の記述からではないが、江戸時代の兼好伝説では、出家の原因を失恋とする説がある。また、「*すべて憂き世の譏りも厭はじ、親・同胞の嘆きも思はじ、など様にさへ思はるるよ。あはれ、迷ひは、いつの日にか晴れむ」とあるのは、『徒然草』第三段の「親の諫め、世の譏りを慎むに心の暇なく」という箇所が、背景にある。

一葉は、桃水に対する自分の気持ちの混乱を、『徒然草』を介在させて、自分自身で解き明かし、整理しようとしている。

掲載歌にも、『徒然草』第二十九段の「過ぎにし方の恋しさのみぞ、せんかたなき」、「この頃、ある人の文だに、久しくなりて、いかなる折、いつの年なりけむ、と思ふは、哀れなるぞかし」とある情景を彷彿させる。この「文」は、手紙のことである。

心には複雑な思いがこみ上げる。

なお、『源氏物語』紅葉賀（もみじのが）巻に、「よそへつつ見るに心は慰まで露けさ増さるなでしこの花」という、光源氏の歌がある。藤壺への苦しい思いを歌っている。

【文字こそ】

『樋口一葉全集』（筑摩書房）第三巻・上。日記『蓬生日記』（明治二十六年五月）の五月三日の条。同じ師匠から文字を習っても、一人一人の個性で、筆跡が違ってくる、と述べている。

『源氏物語』梅枝（うめがえ）巻にも、光源氏が女君たちの筆跡を論じる場面がある。

【「一葉日記」と『徒然草』】

上の鑑賞文に引用した*「恋は、尊く」は、明治二十六年五月十九日の条、*「すべて憂き世の」は、五月二十六日の条に見える。

23

とにかくに越えてを見まし空蟬の世渡る橋や夢の浮橋

【出典】
『樋口一葉全集』（筑摩書房）第三巻・上。日記『につ記』（明治二十六年七月）の冒頭。七月一日の条。

【とにかくに越えてを見まし】
「を」は、強意の間投助詞。『続古今和歌集』に、「同じくは越えてや見まし白河の関のあなたの塩竈（しほがま）の浦」（藤原行能）という歌があるが、それと比べても一葉の強さが際立つ。

【「空蟬」と「夢」】
掲出歌のように、「空蟬」と「夢」を一首の中に同時に詠んだ例としては、紀友則に、「寝ても見ゆ寝でも見

新しい世界へ

何はともあれ、世渡りの橋を越えてみよう。この世は空蟬のように儚く、そこに架かる橋が、夢の浮橋だとしても……。

明治二十六年七月一日から始まる「一葉日記」は、冒頭部の序文で、「人、常の産なければ、常の心なし。（中略）いでや、是れより、糊口的文学の道を変へて、浮世を十露盤の玉の汗に、商ひといふ事、始めばや」と書き、張りのあるリズミカルな文体で、実業への決意を述べる。「糊口的文学」、つまり、生計を立てるための文学ではなく、そろばんをはじく商売によって生計を立てよ

うというのである。この序文の末尾に「*造化の伯父様、どうなと、し給へとて」とあるのも軽妙な呼びかけで、どうかこれからの生活を何とかして下さいねと頼んで、掲載歌に繋げている。

　一葉の日記帖は、冒頭に序文的な散文を書いて、その末尾に和歌や俳句を付ける場合があるが、ここはとりわけ心の弾みや決意が表れた序文と和歌であり、「歌文」と名付けてもよいだろう。

　掲載歌には、『源氏物語』の「空蟬」や「夢浮橋」という巻名が含まれていることも注目される。ただし、17と同様に、伝兼好歌の「世の中を渡り比べて今ぞ知る阿波の鳴戸は波風もなし」が背景にあるのではないか。この日記の七月十二日の末尾近くに、父の没後、困窮する家計に対する文章が書かれていて、その中に、「寄せ返る波は、高し。我が身は、か弱し。折々には、巻き去られむとするこそ悲しけれ」とあることが思い合わされる。

　この日記には、「此頃、かしましきもの」という『枕草子』のような短文や、「厭ふ心の深きほど、恋しさも、また、深かるべし」という思弁的恋愛論もあり、記述の深まりが見られる。

えけり大方（おほかた）は空蟬の世ぞ夢にはありける」（『古今和歌集』）がある。

【世渡る】

　古典和歌で、「世渡る」が用いられる時には、「賤（しづ）」の苦しい生業を詠むことが多い。一葉が、「賤」の業（わざ）を営みながら、世を渡ろうと強く決心したことがわかる。

【造化の伯父様】

　この世のすべてを造りだし支配している神のことを、戯れて、こう言ったもの。

24 い*づれぞや憂きにえ耐へで入り初むる深山の奥と塵の中とは

【出典】

『樋口一葉全集』（筑摩書房）第三巻・上。日記『塵之中』（明治二十六年七月〜八月）の七月二十六日の条。

なお、全集の字体は、「塵」であるが、本書では「塵」で表記する。

「塵中（じんちゅう）」は、塵に汚れた俗世間、煩わしい世の中、という意味である。一葉は、「塵の中」にあえて我が身を置いた。その日記が、『塵之中』である。自らの貧しさを痛感するのが、『源氏物語』の末摘花にちなむ『蓬生日記』だったとすれば、『塵の中』とは、夕顔巻に描かれている庶

塵の中へ

いったい、どちらが辛いのだろうか。辛さに絶えかねて山の奥深くに入って行くのと、俗世間にまみれて生きるのと……。

明治二十六年七月十五日から、一葉の一家は商売を始めるための借家探しを始め、龍泉寺町に貸家を見つけて、二十日に引っ越した。「此の家は、下谷より吉原通ひの只一筋道にて、（中略）もの深き本郷の静かなる宿より移りて、ここに初めて寝ぬる夜の心地、まだ生まれ出でて、覚え無かりき」という環境だった。

「唯、かく落ち放れ、行手の末に浮かぶ瀬なくして、朽ちも終

はらば、終の世に、斯の君に面を合はする時もなく、忘られて、忘られ果てて、我が恋は、行く雲の、上の空に消ゆべし」と、桃水への思慕も書いている。二十二日には「今日は土曜日なり。小石川の稽古日、いかならむ、と思ひやらる」とある。新生活の目途もまだ立たず、一葉の思いは、桃水と萩の舎の上を漂う。

　資金の調達が困難な折、旧知の西村釧之助に借金を断られると、二十五日に、「仇と聞きて、後ろを見すべき我々にもあらず。虚無の浮き世に、好死処あれば事足れり」と、怒りを露わにした。その翌日に書かれたのが掲載歌だった。この歌の前後には、「あはれいかに今年の秋は身に沁まむ住みも慣らはぬ宿の夕風」、「*所柄伊勢の浜荻もとの名を呼ばれむとしも思はざりしを」という二首を記した。後者は、一葉の母が、本郷菊坂時代と同様に、隣家の妻から「御隠居様」と呼ばれたことへの驚きを詠む。

　日記の末尾には、幼年期から萩の舎に入門するまでを述懐する回想も書いた。日々の感慨を和歌に詠み、半生を振り返る文章を書くことが、寄る辺ない自分を、繋ぎとめるのである。

民の生活に当たると言えよう。

【「いづれぞや」の歌】

　俗塵の中で生き続けるのと、俗塵を遁れて山奥に隠遁するのでは、どちらがより本当に辛いのだろうか、と一葉は疑っている。

　その背景には、『古今和歌集』の「いかならむ巌（いはほ）の中に住まばかは世の憂き事の聞こえこざらむ」（読人知らず）の歌が、あるのではないだろうか。どんな山奥にも、辛いことは押し寄せる。ならば、いっそ、塵の中に留まるのも、一つの生き方なのだ。

【「所柄伊勢の浜荻」の歌】

　「草の名も所によりて変はるなり難波（なには）の葦は伊勢の浜荻（はまをぎ）」（『菟玖波（つくば）集』）に基づく。本郷では「御隠居様」でも、下谷龍泉寺町では「おかみさん」と呼ばれるものと予想していたのだろう。

25 なかなかに漂ふもまた面白し月の前行(ゆ)く空の浮雲(うきぐも)*

【出典】

『樋口一葉全集』（筑摩書房）第三巻・上。日記『塵中日記』（明治二十六年八月〜九月）の末尾。

この歌の次には、有名な古歌が二首、引用されている。「思ひかね妹（いも）がり行けば冬の夜（よ）の川風寒み千鳥鳴くなり」と、「世の中は何方（いづこ）か指して宿ならむ行き止（と）まるをぞ限りと思はむ」である。

前者は、紀貫之の歌。後者は、『源氏物語』夕顔巻にも引用された、「世の中はいづれか指して我（わ）がならむ行き止まるをぞ宿と定むる」を少し

浮雲の心

夜空に掛かる月、その前を雲が流れて月を隠す。浮雲を見ていると、漂うこともまた面白いと感じる、この頃である……。

明治二十六年七月二十日に龍泉寺町に転居して以来、約二か月が経った。その新生活の中での感慨である。

「浮雲」という言葉は、『方丈記』にも、「古京はすでに荒れて、新都はいまだ成らず。ありとしある人は、みな浮雲の思ひをなせり」という箇所に出てくる。近代では、二葉亭四迷(ふたばていしめい)の小説に『浮雲』がある。

『方丈記』や二葉亭の場合は、不安定な人間の心の象徴であろうが、ボードレールの散文詩『パリの憂愁』の冒頭に位置する「異邦人」では、家族も友達も祖国もないという不思議な異邦人が、何が好きなのだと聞かれて、流れて行く雲が好きだと答える。浮雲は、ゆくえ定めぬ自由な心を象徴する言葉でもある。

龍泉寺町に引っ越した日にも、「行く雲の、上の空」という言葉が用いられていた(24)。龍泉寺町時代に書かれた一連の「一葉日記」には、虚無的とも言える感情が色濃いが、その色合いは多彩で、悲哀感だけではなく、この歌のように自己とその周囲の状況を相対化して打ち興じる自由さもある。一葉は現実に押しつぶされずに、それを跳ね返す弾力的な心情を持っている。

ちなみに、一葉の小説にも『ゆく雲』*がある。かつては兄妹のようにして育った男女が、境遇が離れ離れになると、男の誠意が次第に消えてゆき、とうとう跡形もなくなってしまう。そこでは、人間関係の移ろいやすさや、綻びやすさを象徴する言葉となっている。

ばかり書き換えたものである。

【面白し】
掲出歌の「なかなかに……面白し」は、かえって面白い、という意味である。これは、和歌の表現というよりは、散文の表現である。一葉の和歌が、『枕草子』のような散文に近づいてゆくことと、彼女が散文の書き手として成熟してゆくことは、同時進行している。

【『ゆく雲』】
『太陽』第一巻第五号掲載(明治二十八年五月)。

26

世の中に人の情けのなかりせばもののあはれは知らざらましを*

【出典】

『樋口一葉全集』（筑摩書房）第三巻・上。日記『塵中日記』（明治二十六年十一月）の十一月二十日の条。鑑賞文で触れたように、「二の酉」の賑わいが語られている。『たけくらべ』の題材ともなった。

【もののあはれ】

一葉の下谷龍泉寺町での体験は、人の世の「もののあはれ」を知ることに、最大の意義があった。また、そこでの日々は、それ以前の萩の舎での日々や、半井桃水への思いをも一葉の心の中で発酵させ、熟成させた。

「もののあはれ」を知る

世間の中で、他人から受ける優しい思いやりがなかったならば、人間らしい気持ちを感じ取ることも、できないだろう……。

明治二十六年十一月二十日の「一葉日記」に記されている。この日を挟んで、前後五～六日間ずつからなる短い一綴りの日記帖の中で、日々の暮らしを糸口に、思索の深まりが見られる。

冒頭は、龍泉寺町転居以来、初めて萩の舎を訪れた、十一月十五日の記事から始まる。利欲に迷う中島歌子の生き方を批判する一方で、かつて内弟子として住み込んだ時期に歌子の養女となり、塾の後継者となる道を思ったことなどを回想し、現状との相違を「あな物狂ほしや」と述べて、「此の涙も、此の笑みも、心の底より出でし物ならで、情けに動かされて、情けの形なり」と分析している。人間はその時々の感情に任せて笑ったり泣いたりするものだ、とわが身に引き寄せて思索を深めているのである。

そのうえで、歌子訪問のことも、「愉々快々に半日を暮らしぬ」と大局的に結論づけ、「半井主を訪へる時の思ひに同じ」と書いたところから、桃水への悲恋体験をも、「苦中の奥が、則ち楽なり」と総括する、格言のような文章が出てきている。

その後、十六日には図書館に行って、創作のための調べ物をし、十八日には平田禿木の来訪があった。このことは、『琴の音』*を完成させる弾みとなったろう。二十日は「二の酉」の賑わいを簡潔に記し、その後に書かれているのが、掲載歌である。

古めかしく常識的な詠みぶりにも見えるが、十五日以来の出来事や思索が、この歌に凝縮している。一葉は、歌子や桃水や禿木たちとの交流を通して、「もののあはれ」を知った。

そうであるならば、『たけくらべ』に描かれているのは、少年や少女が、大人への入口を通過することで、人の世の喜びや苦しみに目覚めること、すなわち、「もののあはれ」を知りそめることが、最大の主題だったのだろう。『たけくらべ』に、「もののあはれ」という言葉はないが、「哀れ」という言葉は二度現れる。

【『琴の音』】
『文学界』第十二号（明治二十六年十二月）に発表。下谷龍泉寺町に移ってから、初めて書いた小説である。貧しさゆえに苦しい人生を余儀なくされた十四歳の少年が、「琴の音」によって、この世の捨てがたさを知り、温かい人間の心を取り戻す話。

27

よし今は待つとも言はじ吹く風の訪(と)はれぬをしも我(わ)*が科(とが)にして

【出典】
『樋口一葉全集』(筑摩書房)第三巻・上。日記『塵中日記』(明治二十六年十一月〜二十七年二月)の末尾に置かれた三首のうちの最初の歌。

【我が科にして】
『新編国歌大観』には、「わがとがにして」「わがとがならし」などの用例を、わずかしか見出せない。珍しい表現である。

【星野天知】
小説家・評論家。一八六二〜一九五〇。『文学界』の編集・経営の中心となった。

天知と禿木

今は訪問を待っているとも言うまい。風の訪れのような訪問がないのも、わたしがあなたをお訪ねしないせいなのだから……。

この歌は、平田禿木から来た手紙のことを詠んでいる。ちなみに、「我(わ)が科(とが)」とあるのは、夏目漱石の『三四郎』で、美禰子(みねこ)が口ずさむ言葉に遠く続く、文学的な水脈さえも連想させる。

この頃、『文学界』の編集人である星野天知(てんち)*と、同人の平田禿木から、あいついで手紙が来た。一葉の生活の中に、『文学界』の存在感が、いや増しに大きくなってくる。

天知は、一両日中に一葉を訪問したいと書いてきた。禿木の手紙には、『源氏物語』などを踏まえた自作の和歌、「音（おと）に聞く里のほとりに来て見ればうべ心ある人は住みけり」が書かれており、自分の下宿の寺にも訪ねて来てほしい、そうでないと一葉宅を訪ねにくいから、などとあった。掲載歌は、それへの独白である。

二人の手紙を比較して、禿木に対しては「まだ若く、柔らかく、愛敬（あいぎやう）ありて、整はざるしも、末頼もしきさまなり」と述べ、当時、第一高等中学の学生だった、一歳年下の同世代の文学青年に好感を持っている。天知の手紙は、一葉の短編小説『琴の音』が『文学界』の第十二号に掲載されることを知らせるものであった。これに対しては、「言葉の巧みあり、物馴（ものな）れ顔（がほ）にさらさらと」と評して、風流がかって物好きな人物と評している。一葉より十歳年上の天知は、明治女学校の巌本善治（いわもとよしはる）のもと、雑誌『女学生』を創刊し、その主筆となっている人物である。一葉は、短い文面の中から、いわば世故（せこ）に長（た）けた編集者としての星野天知の一面を感じ取っている。人間観の深まりであろう。

【「音に聞く」の歌】
『源氏物語』賢木（さかき）巻に、光源氏が「むべも心ある」と口ずさむ場面がある。素性法師の「音に聞く松が浦島今日ぞ見るむべも心ある海人（あま）は住みけり」を踏まえている。平田禿木が詠んだ「音に聞く」の歌は、『樋口一葉来簡集』（筑摩書房）の「平田喜一（禿木）」3にも収録されている。

【巌本善治】
教育者。一八六三～一九四二。明治女学校でキリスト教教育を行う。妻は、『小公子』などの翻訳で名高い翻訳家の若松賤子（しずこ）。

28

吹き返す秋の野風に女郎花一人は漏れぬ野辺にぞありける

【出典】
『樋口一葉全集』（筑摩書房）第三巻・上。日記『塵中日記』（明治二十六年十一月〜二十七年二月）の十二月二日の条。

【一人は漏れぬ】
「一葉日記」の表記では、「ひとりはもれぬ」。「一人は漏れぬ」と解釈して漢字を当てた。

風に乱れる女郎花

茂り合う秋草を吹き返して、風が野原を通り過ぎてゆく。可憐な一本の女郎花も、その風をまぬがれることはできない……。

この歌は、明治二十六年十二月二日の「一葉日記」に書かれている。この日の日記は、内外の政治状況への強い批判を書き、「かかる世に生まれ合はせたる身の、する事なしに終はらむやは。為すべき道を尋ねて、為すべき道を行はむのみ」という決意で締めくくられるが、それに引き続いて、「さても恥づかしきは、女子の身なれど」という、詞書風の一節と、この歌が出ている。

この一首の和歌に結実されて灯(とも)された、一葉の心の深淵は、後に短編小説『暗夜(*やみよ)』の中に再び甦る。『暗夜』は下谷龍泉寺町での生活を切り上げて、本郷へ戻ってからの作品である。

広大な荒れ果てた邸に住む「お蘭(らん)」は、投機に失敗して自殺に追い込まれた父への追慕と世間への反発、心変わりして立身出世した元の恋人への復讐心を抱いている。そのお蘭に助けられて介抱された青年直次郎は、お蘭のことを「籬(まがき)は荒れて、庭は野らなる秋草の繁(しげ)みに、嵐を痛む女郎花にも似たる」と深く同情し、復讐を遂げようとするが失敗し、現実はびくともしなかった。

お蘭の人物描写の背景には、「叢蘭(*そうらん)、茂(しげ)らんと欲(ほっ)すれど、秋風(しゅうふう)、之(これ)を敗(やぶ)る。王事(おうじ)、章(あらわ)れんとすれど、讒臣(ざんしん)、国を乱る」という中国の『帝範(*ていはん)』の言葉がある。

自然の威力が、か弱い女郎花さえ避けてくれないように、時勢の非情さは、容赦なく人々に襲いかかる。掲載歌が書かれた日記に込められた一葉の批判精神と無力感は、半年余り後に『暗夜』の小説世界の中で、もう一度検証されたのである。

【『暗夜』】
『文学界』第十九号・二十一号・二十三号（明治二十七年七月・九月・十一月）に掲載された時の表題は『暗夜』で、目次は『闇夜』。明治二十八年十二月の『文芸倶楽部』に掲載された時の表題は『やみ夜』。

【「叢蘭、茂らんと欲すれど」】
芳しい香りの蘭が繁ろうとしても、冷たい秋風が吹いて、蘭を枯らしてしまう。有能な人物が活躍しようとしても、小人物が妨害して阻止してしまう。正義を行わせたいと願うお蘭の志は、俗人たちに邪魔されて、実現しなかった。一葉は、28「女郎花」の歌でも、一人で美しく生き抜こうとする女性を、近代の日本社会が冷淡に処遇することを非難しているのである。

【『帝範』】
唐の太宗が撰した政道書。帝王学の書として、『貞観政要（じょうがんせいよう）』と共に重視された。

29

水の上に跡も留めぬうたかたの泡*に結べる我が命かな

【出典】
『樋口一葉全集』(筑摩書房) 第三巻・下。「感想・聞書5」「つゆしづく」。

【泡に結べる】
「うたかたの泡」に、「沫緒に結ぶ」を掛けるか。沫緒は、ほどけやすい、中が中空になるような結び方だと言う。

儚い命

水の泡は、生まれても一瞬にして消え去る。わたしの命とて、その泡のように儚いものなのだ……。

これは、明治二十七年一月頃、下谷龍泉寺町での詠草である。歌全体に『方丈記』の冒頭文、「行く河の流れは絶えずして、しかも、もとの水にあらず。澱みに浮かぶうたかたは、かつ消え、かつ結びて、久しく留まりたる例なし。世の中にある人と、栖と、また、かくの如し」が響いていよう。

この歌を含む「つゆしづく」と題された雑記帖には、二十四首の和歌と、末尾に六人の住所録が書かれている。

　和歌の中には、明治二十七年一月に萩の舎で詠んだ、「*呉竹の直なりと思ふ我にしも怪しき節を人は付けけり」という歌や、「縋れよと招く袂も憂かりけり一人や立たむただ一人にて」、「打ち寄する波にも花は咲くものをただに砕けて我止まめやは」など、孤独感・厭世観に満ちた歌がある。その一方で、ただ一人で生き抜こうという気概も、混在している。

　住所が書かれた六人は、いずれも生活圏、交友圏にかかわる人々である。馬場勝弥(孤蝶)・*稲葉寛・平田喜一(禿木)・*山下直一・*菊池隆直・久佐賀義孝。このうちで、山下と稲葉はこの年に亡くなっている。身近な人々の死が、わずか六人の住所録にも、影を落としている。

　このほかにも、従兄弟の樋口幸作が明治二十七年七月一日に死去した。一葉は「消えにける露の玉の緒絶えて世に*哀れ哀れと言ふ人やなき」という悲痛な歌を詠んでいる。命の儚さを詠んだ掲載歌は、一葉の現実であり、実感でもあったろう。


「竹」と「節」が縁語。「節」には「難癖・言いがかり」の意味がある。


【稲葉寛】

　一八五七～九四。二千五百石の旗本だったが、維新後は没落して車夫も体験した。妻は「鉱」（こう）。鉱の乳母が、一葉の母「たき」である。


【山下直一】

　一葉の父の友人山下信忠の長男。樋口家が裕福だった頃に、書生を務めたことがあり、一葉に文学雑誌を貸してくれた。一八九四年、死去。


【菊池隆直】

　一葉の父が、かつて仕えた外国奉行菊池隆吉（一八一二～没年未詳）の子孫。一葉は、隆直が経営する「むさしや」から紙類を仕入れて、下谷龍泉寺町の店で販売していた。


【「哀れ哀れと言ふ人」の歌】

　『源氏物語』柏木巻で、若くして死去した柏木を愛惜して、「哀れ、衛門督（ゑもんのかみ）」という言葉を口にしない人はなかった、とされる。

30

住吉の松はまことか忘れ草摘む人多きあはれ憂き世に

【出典】
樋口一葉全集（筑摩書房）第三巻・上。『日記　ちりの中』（明治二十七年二月〜三月）の二月二十八日の条。

【住吉の忘れ草】
「忘れ草」は、萱草（かんぞう）とも言う。紀貫之の「道知らば摘みにも行かむ住の江の岸に生（お）ふてふ恋忘れ草」という、『古今和歌集』の墨滅歌（すみけちうた）のように、恋の苦しみを忘れさせてくれる効能があると信じられた。

【一葉日記】
『樋口一葉全集』（筑摩書房）第三巻・

久佐賀義孝との交渉

松で有名な*住吉の浜は、忘れ草の名所。すぐに忘れる人が多いのが、この辛い憂き世。わたしを忘れずに待っている、というのは本当ですか……。

明治二十七年二月二十三日の「*一葉日記」には、「今日は、本郷に、久佐賀義孝と言へる人を訪はむ」という一節がある。*久佐賀義孝は、天啓顕真術会本部を本郷区真砂町に開いていた人物で、相場や人生相談などを行っていた。この日の日記の末尾に、「憂き世に捨て者の一身を、何処の流れにか投げ込むべき。

学あり、力あり、金力ある人によりて、面白く、をかしく、爽(さは)やかに、勇ましく、世の荒波を漕(こ)ぎ渡らむとて、もとより、見も知らざる人の、近づきにとて、引き合はせする人もなければ、我よりこれを訪(と)はむとてなり」という、大胆な決意が書かれている。

これまでも、一葉は半井桃水や平田禿木など、初対面の人に対して詳しく記述することがあったが、久佐賀の場合も詳しく、全集では五ページにわたっている。久佐賀訪問は、表向き人生指南だったが、その意図は経済的な支援の期待があったのであろう。

したがって、一葉としては、心の交流としての和歌を詠むことは、最初から慮外であったと思われる。ただし、久佐賀からの手紙に「*訪(と)ふ人やあると心に楽しみてそぞろうれしき秋の夕暮」という歌が同封されていたところから、一葉が返事の手紙に添えたのが、掲載歌である。久佐賀が、一葉の来訪を楽しみにしている気持ちを示そうとしたにしても、二月下旬の手紙に「秋の夕暮」という言葉が出てくるのは、不似合いである。あるいは、初対面の時に一葉が示した変名の「秋月」を利(き)かせたものか。

上。日記『塵中日記』(明治二十六年十一月〜二十七年二月)の二月二十三日の条。

この日が、この日記の末尾であり、その余白に、27で紹介した「よし今は」の歌も記されている。

【久佐賀義孝】

一八六四〜一九二八。国立国会図書館のホームページのデジタルコレクションなどで、久佐賀の関与した書物を読むことができる。

【久佐賀の「訪ふ人や」の歌】

『樋口一葉来簡集』(筑摩書房)「久佐賀義孝1」の「注」によれば、別紙に「訪ふ人や」の和歌がしたためられていたという。久佐賀は、「書簡2」でも、「散り残る花の木蔭を去りあへず春は幾日(いくか)もあらじとおもへば」という和歌を記している。いかにも常套的な詠みぶりである。一葉との交際を願って、風流ぶりを示したか。

31

魚(うを)だにも棲(す)まぬ垣根のいささ川汲(く)むにも足(た)らぬ所なりけり

【出典】

『樋口一葉全集』(筑摩書房)第三巻・上。日記『塵之中日記』(明治二十七年三月)の冒頭部。この後に、日付の付いた日記が書かれている。

【いささ川】

「いささ川」は、ささやかな小川。11参照。「垣根」と同時に詠まれた歌としては、「垣根守(も)るいささ小川に音かけて門田の稲葉穂波立つなり」(『夫木和歌集』牆(かき)・藤原雅経)がある。また、水量が乏しい川を意味する「いさら小川」という言葉もある。

理想の生き方を求めて

垣根を越えて庭に流れて来るのは、魚さえ棲まない細(ささ)やかな小川。流れが浅いので、この水を汲んで生活に役立てることもできないのだ……。

明治二十七年三月の「一葉日記」に出てくる歌である。冒頭部はかなり長く書き綴られており、その末尾にこの掲載歌が添えられている。和歌を伴う序文としては長文に過ぎる書き方である。

下谷龍泉寺町への引っ越しから、八か月が経とうとしていた。この間に発表した小説は『琴の音』と『花ごもり』の二編である。

荒物屋の仕入れや、店での客との応対など、多忙な中での執筆だった。創作よりも実業に就く決心をしたものの、一葉の心の中では、どのような現実認識と理想の生き方が鬩ぎ合っていたのか。その胸中を吐露したのが、この日記帖の冒頭部だった。ここには、次のような人生観・人間観・世間観の凝縮が見られる。

「日々に移り行く心の哀れ、いつの時にか、真の悟りを得て、*古潭の水の、月を浮かべる如ならむとすらむ」、「哀れ、はかなしやな。*虚無の浮き世に、君も無し。臣も無し」、「滾々たる流れは濁を清に返して、人世、是非の標準、定まらむとす」、「畢竟は虚なり、無なり」、「浮き世は、独り行かず。天地は、独り存せず」など、たびたび悟りや虚無に言及し、生き方を模索している。そしてこの文は、「清流一貫、古来、今に到る。思へば、聖者は、行く水の流れの、滞る所なからむぞ、羨ましき」と結ばれる。

掲載歌は、結びに書かれた理想郷に対して、自分が今生きている現実のあり方を対比した。その現実認識の上に、さらなる転機が訪れる。住み慣れた本郷への転居も近い。

【『花ごもり』】
『文学界』第十四・十六号（明治二十七年二月・四月）に掲載。一つ屋根の下で育った従兄と従妹の純愛は、男が富裕な令嬢と結婚することで壊れてしまう。

【古潭の水の、月を浮かべる】
「松潭、月色涼し」、「月、潭底を穿ちて、水に痕無し」などの禅語がある。

【虚無、君、臣】
一葉が、「虚無の浮き世に、君も無し。臣も無し」と書いているのは、老荘思想の「虚無」の観点に立てば、君臣の区別など本質ではない、という意味であろう。

32　鋤き返す人こそなけれ敷島の歌の荒す田荒れに荒れしを

萩の舎への復帰

鋤き返す人が誰もいないのだろう。荒れ果てた田のようになってしまった、敷島の和歌の道。わたしは、それを少しでも改良したいのだ……。

明治二十七年三月二十六日の「一葉日記」は、「思ひ立つことあり。歌ふらく」という短い詞書とともに、この歌がまず掲げられている。

龍泉寺町での商売は、家計を好転させるどころか、むしろ悪化させる一方だった。久佐賀義孝を訪ねて、人生の指針の教示を求

【出典】

『樋口一葉全集』（筑摩書房）第三巻・上。日記『塵中につ記』（明治二十七年三月〜五月）の冒頭部。

【荒す田】

古典和歌では、荒れ果てた田は、「荒小田（あらをだ）」と言われる。『古今和歌集』の「荒小田を粗（あら）鋤き返し返しても人の心を見てこそやまめ」（よみ人しらず）の歌は、一葉も知っていただろう。ただし、香川景樹に、「敷島の歌のあらす田荒れにけり粗鋤き返せ歌の荒樔田（あらすだ）」（『桂園一枝』）という和歌があるので、一葉は

めても、明確な答えは得られなかった。三月下旬には、家族で相談のうえ、商売から撤退することを決め、転宅とその資金、今後の生計の立て方を思案した。二十六日に半井桃水を訪ねたのも、商売と小説執筆とを両立させることの困難さから、「これより、いよいよ小説の事、広く為してむ」と決意したからだった。けれども、桃水は病床にあり、詳しい相談はできなかった。

八方塞がりの中で小石川の萩の舎を訪ねると、中島歌子は一葉に、*歌道に尽くすことを勧めた。歌子からは、自分の没後は、萩の舎を一葉に譲りたいとまで頼まれた。以前にもそのような話が出たことはあったが、実現しなかった。ここに至って一葉も、もう一度、萩の舎との関係性を手繰り寄せるかのように、萩の舎の助教として、歌子の代稽古を勧めることにしたのである。思えば、萩の舎は、一葉にとって、もっとも古くからの文学と人生の基盤であった。

五月から一葉は、萩の舎の助教として和歌・手習い・古典の講習を勤め始めた。再び萩の舎に復帰したのである。

この歌を直接に踏まえたのだろう。

【一葉と、歌の道】
一葉は、32の同じモチーフを、繰り返し和歌に詠んでいる。言わば、「歌を歌う歌」である。
「一葉日記」(『よもぎふにつ記』明治二十六年二月九日条)には、「敷島の歌の荒す田荒れぬれど濁らぬ方(かた)もあるべきものを」とある。
また、明治二十七年一月の「感想・聞書5」「つゆしづく」には、「荒れぬとてただに過ぎなば敷島の歌の荒す田誰(たれ)か鋤(す)くべき」とある。詞書は、「思ふ事ありて」。和歌への強い愛情と、それゆえの危機感が、一葉の心を占めていた。

33 行く水の浮き世は何か木の葉舟流るるままに任せてを見む

水の上

水が流れるように、留まることがない辛い浮き世は、はかない小舟に乗って、流れのままに生きるしかないと思うの……。

明治二十七年四月末頃、伊東夏子への書簡に書かれた歌である。その書簡には、「我は近々に、商人を辞めに致し」と書いていることも注目される。

ところで、この歌は、13「行く水の浮き名も何か木の葉舟流るるままに任せてを見む」（明治二十五年六月）の「浮き名も」を、「浮き世は」に取り替えた以外の表現は、全く同一である。だか

【出典】

『樋口一葉全集』（筑摩書房）第四巻・下。「書簡46　明治二十七年四月末　伊東夏子宛」。

この書簡で、一葉は、「商人」を始めた時に、多くの人に笑われたことを思い出し、商人を辞（や）めると聞いたら、人はいよいよ笑うであろう、だが、笑いたい人は笑うのがよく、悪口を言いたい人は、言えばよいと、達観している。

そして、33の歌を記した直後には、「かく歌ひたる時、我は笑ひしか、泣きしか、君こそ思ひやらせ給ふべけれ」

らと言って、旧稿を再利用しただけの歌というわけではない。

一葉が桃水に師事して小説修業をしていることが、萩の舎で恋の噂として「浮き名」になったのを詠んだのが旧作13だった。それが、「浮き名」と似た響きの「浮き世」に入れ替わった時、人生詠として、新たな生命が宿ったのである。このことは同時に、新旧の歌で不変の、「行く水」「木の葉舟」「流るるままに」が、一葉にとってキーワードであることをも示している。

掲載歌の直前に書かれている手紙の文面には、まるで詞書のように、「蘆の一葉に乗りて、舟遊山をしたる達磨大師さへ、御座候ふものをや」とある。明治二十六年四月十九日の日記に書かれた、21「我こそは達磨大師になりにけれ訪はむにも足無しにして」を介在させれば、達磨大師が乗っている「木の葉舟」は、「蘆の一葉」であり、御足（金銭）が無くて困窮している自分の姿と、ぴたりと一致する。「一葉」という筆名は、達磨大師が乗っている蘆の一葉のことであり、水の上に漂う、儚く危うげな人生の象徴であり、達観した達磨大師ゆかりの言葉でもある。

と、親友の伊東夏子に対して、複雑な心中を吐露している。

商人の道を辞めたのは、失敗したからではなく、商いは隆盛に向かっている。けれども、自分は文学への思いを断ちがたく、商人を辞めるのだと、一葉は手紙の中で語っているが、いささか世間体にこだわった書き方のようにも思える。

34

更くる夜の閨の燈火光消えば闇なるものをあはれ世の中*

闇夜

夜が更けてきた。この部屋の燈火が消えれば、世界は暗闇になってしまう。命の燈火が消えれば、それは死。儚いものだ……。

明治二十七年から二十八年にかけての作とされる歌である。この歌の前に、詞書としては異色の長さの文章が置かれている。ところで、和歌の前に文章が付く場合、一般的には「詞書」として扱われることが多いが、一葉の場合、歌の説明としての詞書というよりも、文章と末尾の和歌を一体として、ひとつの小品と見做した方が適切なものがある。たとえば、芭蕉の「俳文」に

【出典】

『樋口一葉全集』(筑摩書房)第三巻・下。「感想・聞書8」の「残簡 その二」(明治二十七年から二十八年にかけて)。

この「感想・聞書8」は、四つの独立した文章から成り、長いものでも四百字に満たず、短いものは二百字前後である。すべて短文と言ってよい分量である。掲載歌は、最初の文章の末尾に置かれている。

【あはれ世の中】

「あはれ世の中」という第五句を持つ古典和歌は、少なくない。その中で、蝉丸の、「秋風になびく浅茅(あさぢ)

倣(なら)って言えば、一葉が書いた「文章＋和歌」は、一体感のある「歌文(かぶん)」と言ってよいだろう。23でも指摘したスタイルである。

さて、掲載歌の前に置かれている文章は、人間の生と死、とりわけ死後への省察が書かれ、一葉の人生観や死生観が垣間見(かいまみ)られる。機運に恵まれた英雄豪傑と、世に現れずに終わる沈思黙考型の生き方を対比し、それに続けて、「天地、永久(とこしなへ)にありといへども、一度、此(こ)の土(ど)を去りし物、二度、現世に現(あらは)るる事を聞かず」、「他界に対する観念といふもの、そもそも此(こ)の土(ど)に、何の功あらむや」、「神仏、何ぞ関(くわん)せむ」など、虚無的とさえ言えるような、思索*の言葉が書かれているのである。

「閨」という言葉は、恋歌でよく使われるが、一葉は夜が更けてゆく部屋で、恋人の訪れならぬ、「生と死」に関する思索の訪れを体験したのである。一葉は、すでにこの時、下谷龍泉寺町から本郷の丸山福山町に転居*しており、その家には池があって、ここで書かれた一連の日記は、「水の上」と題されている。

の末ごとに置く白露のあはれ世の中」（『新古今和歌集』）は、生と死の近接性を歌っており、一葉の念頭にあった可能性がある。

【思索の言葉】
「感想・聞書8」では、34の歌に次いで、人間の貴賤について考察している。馬車に乗って大路を走る人を「貴」とし、男に身をひさぐ女を「賤」とする世間一般の見解には、どういう根拠があるのか。それは、正しいのか。
下谷龍泉寺町にあって、吉原の遊女や、人力車に乗ってそこに通う男たちを観察してきた一葉の目は、人間の真実を射貫いている。『たけくらべ』は、まさに、貴賤に関する世間の常識に異を唱えるものであった。

【転居】
明治二十七年五月一日。

35 もろともになど伴(ともな)はぬ山烏(やまがらす)憂(う)き世の秋は同じかる身を

虚無への供物

山烏よ、なぜわたしのそばにずっといないのか。この辛(つら)い憂(う)き世(よ)に飽き飽きしているのは、お互い、同じ身の上ではないか……。

この歌も明治二十七年から二十八年にけての歌と推定されている。歌に前置する文章は、「軒端の山に古松あり。*友なし烏、一羽止(と)まりて」と始まる。「軒端の山」は歌語であり、「山」と言っても、ここでは、軒端から見える向こうの小高い丘くらいの意味である。ただし、このような書き出しに早くも、山里に住む隠遁者的な雰囲気が漂う。一葉の心象風景が投影した言葉の選択であ

【出典】

『樋口一葉全集』(筑摩書房)第三巻・下。「感想・聞書8」の「残簡 その二」(明治二十七年から二十八年にかけて)。すなわち、34と同じ「歌文」であり、四章からなる短い断章の三つ目である。

なお、35の上句は、「山烏よ、なぜ、お前もわたしと同じように独り身なのか」という解釈も成り立つか。

【友なし烏】

玉葉・風雅調を確立した『伏見院御集』に、「巣を守る外面(そとも)の森の夕烏(ゆふがらす)友なしに鳴く

ろう。松の古木に止まった一羽の烏の姿は、まるで水墨画や禅画のようでもある。

烏に向かって、どこの森から来たのか、親兄弟はいるのかと問うと、烏は「ああ」と嘆じるような一声で応じた。重ねて問う。お前がたった一羽でいるのは、連れ合いに先立たれたのか、それとも、世間を見おろしてあざ笑っているのか。語れ語れと責めると、烏は「ああ」と鳴き声を長く引いて、高く飛び去った。

文章の末尾は、松の梢を木枯(こがらし)が吹き荒れて、「大空に、雲の飛ぶこと、繁(しげ)し」と締め括られる。ポー*の詩「大鴉(おおがらす)」を思わせる、神韻縹渺たる世界を描き切って見事である。このような文章の後に置かれたのが掲載歌であった。

烏への呼びかけは、そのまま自分自身への問いかけであり、憂き世の辛さを共有する他者を希求する思いが込められていよう。

一葉は、明治二十七年三月頃と推定されている伊東夏子*宛(あて)の書簡の中で、「君は宗教の門に入り、我は虚無の空理に酔ひて」と書いている。一葉は、われとわが身を虚無の世界に投じている。

声ぞ寂しき」という歌がある。一幅の絵を鑑賞しているような気持ちになる。絵の中から、烏の声が聞こえて来るようだ。

【ポーの「大鴉」】
エドガー・アラン・ポー（一八〇九～四九）が、一八四五年に発表した、代表的な物語詩。原題は、「The Raven」。問答体で、展開してゆく。日夏耿之介（ひなつ・こうのすけ）の訳は名訳として知られる。

【伊東夏子への手紙】
『樋口一葉全集』（筑摩書房）第四巻・下。「書簡・補遺8　伊東夏子宛」（明治二十七年二月から四月までの間）。「君は宗教の門に入り」とあるのは、伊東夏子がキリスト教の活動に熱心だったことを指す。

36

立ち返る明日をば知らで行く年を大方人の惜しむなりけり

【出典】

『樋口一葉全集』（筑摩書房）第三巻・下。「感想・聞書9」の「残簡　その三」。

この残簡は、和歌六首と、俳句三句とから成る。掲出したのは、四番目の和歌である。

大晦日の歌

明日は元旦。また新しい年の初めに立ち返るというのに、そのことを知らないのだろうか、ほとんどの人は、行く年を惜しんでばかりいる……。

明治二十七年の歳末に詠んだ歌である。

この歌には、「生死変化の理を思ひて、年の終はりに、ひとり笑みせらる」という詞書が付く。この世は、生あれば死ありで、日々刻々、変化して留まることはない。だから、一年が過ぎ去るのを惜しむのは意味がない。すぐ翌日からまた、新しい年が始まるではないか、と一葉は達観して、可笑(おか)しがっている。

この歌の前後にも、大晦日の歌が並ぶ。「思ふ事成(な)りも成(な)らずも此(こ)の年は大晦日(おほつごもり)に成(な)りにけるかな」[*]という歌の、「笑ふ勿(なか)れ、大俗、自(おの)づから聖境に通ず」という詞書は、俗人の極みが聖人の境地に通ずることを笑ってはいけない、という意味。かねて心に思っていたことは実現したこともあれば、しなかったこともあるが、とにかく今日は大晦日になったのだなあ、と詠んでいる。

もう一首は、「大晦日の日、いと暖(あたた)けし」という詞書の、「忘れては鶯の音(ね)も待つべきを門松(かどまつ)召せと言ふ声のする」である。あんまり暖かいから、大晦日ということも忘れて、鶯の声を待つ春の気分でいたら、同じ「まつ」でも、「門松はいかがですか」という物売りの声がして、ああ今日は大晦日だった、と気づいた。少しくだけた、ユーモラスな詠みぶりである。

この頃の一葉は、小説『大(おお)つごもり』[*]の執筆に追われて忙しく、日記や詠草を記す余裕はなかったが、「大晦日」の歌からは、一葉の達観や洒脱さなどが垣間見(かいまみ)られて面白い。


【思ふ事成りも成らずも】

「成りも成らずも」という言葉は、『古今和歌集』の「おふの浦に片枝（かたえ）さしおほひ成る梨の成りも成らずも寝て語らはむ」に由来する。梨の実が「生（な）る」と、事が成就（じょうじゅ）するという意味の「成る」の掛詞である。

この『古今和歌集』の歌を踏まえた中世の歌に、「思ふ事成りも成らずもいかがせむありといふ名をおふの浦梨」がある。


【『大つごもり』】

『文学界』第二十四号（明治二十七年十二月三十日刊）に発表された。後に、『太陽』第一巻第三号（明治二十九年二月）に再掲された。

37

何(なに)となく革(あらた)まりたる心かな昨日(きのふ)も取りし筆にやはあらぬ

【出典】

『樋口一葉来簡集』（筑摩書房）、「長齢子　明治二十七年十二月二十五日」の「注」。この手紙によって、37の歌が詠まれた具体的な経緯が判明する。長齢子は、長州出身の書家である長三洲（ちょう・さんしゅう）の長女である。

明治二十七年の年も押し詰まった十二月二十五日に、齢子から一葉に封書が届いた。来たる新年の『国会新聞』に、萩の舎の人々の和歌を掲載したいので、一葉にも詠んでほしいという依頼である。題は、「このたびの戦の祝ひ」か、「新年に因む内容であれば、何で

試筆の歌

今日は元旦。新年になると、筆を手にしても何となく心が改まる気がする。とは言え、大晦日に使った同じ筆なのだが……。

これは『国会新聞』二十八年一月八日に掲載された一葉の歌である。萩の舎で同門の長齢子(ちょう)に頼まれて詠んだ歌である。「いと真盛なる明治二十八年のはじめに集むる歌」を、萩の舎の人々に寄稿してもらう役目を齢子が勤めたので、その旨を一葉に手紙で依頼した。一葉は「試筆」という題で、掲載歌を詠んだ。

一般に、「試筆」と言えば「書き初(ぞ)め」のことで、一月二日に

行われる。けれども、ここでは、新年になって最初に取る筆のことを詠んでいる。一葉は、大晦日と元旦は、連続する時間であるのに、一日経っただけで、気分が一新することを不思議がっている。それにしても、このような発想の詠みぶりから連想されるのは、『徒然草』第十九段の末尾部分である。その原文を示そう。

《かくて、明けゆく空の気色、昨日に変はりたりとは見えねど、引き替へ、珍しき心地ぞする。大路の様、松立て渡して、華やかに嬉しげなるこそ、また、哀れなれ。》

なお、明治二十一年六月の『四季の花』に、一葉の和歌が掲載されたことは、03で触れたが、同じく明治二十一年十月にも、*『大八洲歌集』上集に、「残菊久」の題で、「露霜も置き忘れけむ冬深き籬に残る白菊の花」という歌が、掲載された。しかも、この歌は、明治二十六年七月の『千代田歌集』第三編にも、佐佐木信綱の撰で、収録されている。一葉の歌は、萩の舎での稽古や歌会だけでなく、新聞や雑誌にまで掲載されることもあったのである。


もよい」という二者選択だった。

「このたびの戦の祝ひ」とは、日清戦争の勝利をことほぐ歌という意味である。日清戦争は、明治二十七年の七月に始まり、翌二十八年三月に終わった。一葉は、新年に因む歌を詠んで提出した。


【大八洲歌集】

この歌集を出版した大八洲学会は、本居宣長の曾孫に当たる本居豊穎（とよかい）が中心であった。明治の文豪・夏目漱石も、教師であった小杉榲邨（すぎむら）の推薦で、学生時代の作文が『大八洲学会雑誌』に掲載された。

一葉の「露霜も」の歌は、早く、『樋口一葉全集』（筑摩書房）第四巻・上、「詠草7」（明治二十年四月）に見える歌である（初句「露霜は」）。この歌が、『千代田歌集』の秋の部に入っているのは、「冬深き」とある表現と食い違うようではあるが、晩秋の景と見なしたのだろう。

38

破(や)れ簾(すだれ)かかる末にも残りけむ千里(ちさと)の駒(こま)の負けじ心は

【出典】
『樋口一葉全集』(筑摩書房)第四巻・上、詠草42「宿題」(明治二十八年一月～二月)。「清少納言」の直前は、「紫式部」である。「何事を思ひ浮かべて鳰(にほ)の海の深き言葉は書き留(とど)めけむ」と、紫式部が石山寺で琵琶湖(鳰の海)に映る仲秋の名月を見て、『源氏物語』を書き始めた、という伝説を詠んでいる。古典和歌には、「鳰の海」と「深き」を同時に詠んだ用例が見出せる。

清少納言への共感

今では、破れた簾が懸かっている、こんな落ちぶれ果てた境遇でも、一日で千里を駆け抜ける駿馬(しゅんめ)のような、負けじ魂は残っていたのであろうなあ……。

これは、明治二十八年一月から二月頃の、萩の舎の宿題の詠草に見える歌で、題は「清少納言」である。

一葉は、説話集などで有名な、清少納言晩年の一挿話を詠んだ。若い殿上人(てんじょうびと)たちが、清少納言が住む荒れ果てた邸を通りかかって、「彼女も落ちぶれてしまったなあ」と話しているのを聞き咎めて、「*駿馬の骨を買わぬか」と切り返した話である。

　09の脚注で述べたように、一葉は、*明治二十四年の雑記に、「春は曙と言ふものから、夕べも、猶、懐かしからぬかは」と、『枕草子』の有名な冒頭部分に倣った書き方をしている。また、『枕草子』の列挙（物尽くし）章段に倣って、「*蟬は」という書き出しで、油蟬・蜩・つくつく法師などを挙げる文章も書いている。

　掲載歌と同時期と考えられている文章でも、*一葉は清少納言への共感を書いている。千字余りの、かなりまとまった分量である。おそらくは萩の舎での団欒の折であろうが、紫式部と清少納言との優劣が話題になった。紫式部がすばらしいと、皆が褒め称える中で、一葉だけは、『枕草子』を何度も読めば「哀れに寂しき気ぞ、此の中にも籠もり侍る」と述べ、「此の君（清少納言）を、女として論ふ人、誤れり。早う、女の境を離れぬる人なれば、終の世に、夫も侍らざりき。子も侍らざりき」と、清少納言の人物像を描いた。なお、清少納言に夫も子どももいなかったというのは、当時の通説に基づいている。


【駿馬の骨】

　清少納言が晩年に落魄したものの、意気軒昂としていたというエピソードは、『古事談』などに見える。中国の『戦国策』に、死んだ馬を五百金で買う人間のもとには、生きた駿馬が集まるだろうとある話を、踏まえている。


【明治二十四年の雑記】

　『樋口一葉全集』（筑摩書房）第三巻・下、「雑記5」、「筆すさび　一」の冒頭部分。


【蟬は】

　同じく、『樋口一葉全集』（筑摩書房）第三巻・下、「雑記5」、「筆すさび　一」。ただし、文末は、「いとをかし」ではなく、「いと勇まし」「いと淋し」「憎し」「いと憎し」と結んでいる。


【一葉の清少納言への共感】

　『樋口一葉全集』（筑摩書房）第三巻・下、「感想・聞書11」、「さをのしづく」の冒頭部分。

39

風吹かば今も散るべき身を知らで花よ暫(しば)しと物急(ものいそ)ぎする

【出典】

『樋口一葉全集』（筑摩書房）第四巻・上、詠草44「宿題」（明治二十八年三月〜五月）。

「花よ暫し」は、「花よ、もう少し散らないでくれ」の意。「物急ぎ」は、急いで済ませなければならない、世間の雑事。

『徒然草』の雪仏

風が吹いたなら、今にも散りそうな花に向かって、これを終えるまでは散らないでと言って、他事にかまけてしまうのだ……。

明治二十八年三月頃の作。次のような長い文章が前置される。

《今年三月、花開きて、取る筆、いよいよ忙(いそが)はし。哀れ、この事終はり、かの事果(は)てなば、一日静かに花見むと願へども、嵐は情けのあるものならず。一夜(ひとよ)の雨にも、*木の下(このもと)の雪、おぼつかなし。つくづく思うて、雪仏(ゆきぼとけ)の堂塔(だうたふ)を営むに似たり。》

これは詞書と考えるよりも、「文章＋和歌」の歌文(かぶん)スタイルと

【木の下の雪、おぼつかなし】

嵐には、人の心がないので、風流を解さない。だから、一晩の風雨で、桜の花を散らせてしまう。まるで、一面

見た方がよい。末尾の「雪仏の堂塔を営むに似たり」*というのは、『徒然草』第百六十六段の、「人間の営み合へる業を見るに、春の日に雪仏を作りて、その為に金銀・珠玉の飾りを営み、堂を建てむとするに似たり」という長い文章を、一葉がぎゅっと圧縮して、格言のようにしたのである。

「この事終はり、かの事果てなば」の部分も、『徒然草』第五十九段の「暫し、この事果てて」、「同じくは、かの事、沙汰し置きて」などの言葉の痕跡を感じさせる。『徒然草』は、一葉にとって、人生の指針であり、表現のお手本だった。ちなみに、「今年三月、花開きて、取る筆、いよいよ忙はし」とあるのは、この頃の一葉が『たけくらべ』を執筆中だったからである。

ところで、平田禿木との初対面で、早くも『徒然草』への共感を共有したことは、20でも触れたが、そのような共感は、萩の舎の女性たちには通じなかった。「かの人ほどの口悪は、又あらじかし」と、兼好の人間性が皆に一蹴されたことを、明治二十六年*の雑記に書いている。

に雪が積もったかのように散ってしまうのではないかと、気がかりである。

【雪仏の堂塔】

雪で仏様を作ってから、それを安置するお堂や建物を作り始めても、完成するまでに雪仏は溶けてしまう。命の儚さを、視覚的に喩えている。

【明治二十六年の雑記】

『樋口一葉全集』（筑摩書房）第三巻・下、「感想・聞書3」、「随感録一」。

この短文で、一葉は、まず、「徒然の法師を慕ふ人」が語った内容には、自分も同感する点が多かったと述べる。平田禿木のことである。ついで、「歌詠む友」と、『徒然草』について話し合ったけれども、その人は兼好を嘲笑しただけだったと書いて、兼好のことを「口悪」と否定した歌の友の反応を、不思議がっている。

40

空蟬（うつせみ）の世に拗（す）ね者（もの）と言ふなるは夫子（つまこ）持たぬを言ふにやあるらむ

【出典】

『樋口一葉全集』（筑摩書房）第三巻・下、「感想・聞書11」、「さをのしづく」の末尾部分。明治二十八年三月から四月にかけて書かれたとされる。

掲載歌の第五句は、原文では「いふにや有らん」。「言ふにやあらむ」とも読みうるが、古典和歌では、「秋深み恋する人の明かしかね夜を長月と言ふにやあるらむ」（拾遺和歌集、凡河内躬恒）のように、「いふにやあるらむ」が普通。

【馬場孤蝶からの手紙】

『樋口一葉来簡集』（筑摩書房）、「馬

拗ね者と呼ばれて

世間では、どうやらわたしのことを、拗ね者と言っているようだ。わたしが夫も子も持たないことを指すのだろうか。愚かな物言いよ……。

この歌の直前に、「はかなき拗ね者の呼名（よびな）、をかしうて」とある。38の解説で紹介した、一葉による清少納言の人物像が、そのまま響いているかのような歌である。

この少し前の時期に、『文学界』同人の馬場孤蝶*からの手紙に、「世に拗ね者の、二葉（ふたば）の春を捨てて、秋の一葉（ひとは）と嘯（うそぶ）き給ふ事（こと）、わけは侍るべし。柳の糸の結ぼれ解けぬ片恋や、発心のもと」などという内容が書かれていたのを踏まえる。孤蝶は一葉が独身でいるのを、失恋によるのかと、戯れて問いかけているのだ。孤蝶は、一葉から好感を持たれていたので、気安い冗談も書けたのだろう。掲載歌は、そのような手紙に対する一葉の独白の歌である。

孤蝶は一葉の三歳年上である。『文学界』への寄稿を求めてすでに一葉と交流していた平田禿木に連れられて、二十七年三月に一葉宅を訪問して以来、手紙のやり取りや訪問もしている。

明治二十六年十一月二十七日の星野天知*からの葉書にも、すでに「拗ねたる御すさびの程、ゆかしく思ひ申し候」とある。これは、おそらく、一葉が『文学界』第三号（明治二十六年三月）に発表した『雪の日』や、第十二号（同年十二月）に発表した『琴の音』などの小説を通してのイメージであろう。星野天知は、『文学界』第二十号（明治二十七年八月）に発表した評論「清少納言のほこり」でも、「拗ね者」という言葉を使っており、清少納言と一葉の人間像に、共通するものを読み取っていた。

場勝彌（孤蝶）2」（明治二十八年三月十五日）。「うかれし孤蝶」より、「すね給へる一葉の君へ」宛てられた封書である。

孤蝶の手紙の原文は、「これさ姉さん、すねチャア野暮だ。まだ二葉なるこなさんの、一葉（ひとは）に秋を知りなんす。御発心とは何がたね。柳の糸の結ぼれぬ、縁（えにし）も薄き片思ひ、人に云はれぬ御苦労か」。一葉は、『さをのしづく』では、孤蝶の戯作調の文体を、上の鑑賞文で引用したように、格調高い文語文に書き直している。

【星野天知からの葉書】

『樋口一葉来簡集』「星野慎之輔（天知）5」（明治二十六年十一月二十七日）。小説『琴の音』の原稿を受け取った礼状。天知は、一葉を王朝の紫式部、江戸時代に京都祇園の水茶屋を経営した女性歌人・百合（祇園百合女）などに喩えている。

41

世の人はよも知らじかし世の人の知らぬ道をも辿（たど）る身なれば

【出典】

『樋口一葉全集』（筑摩書房）第三巻・上。日記『水の上日記』（明治二十八年四月～五月）。四月二十二日の条。

一葉は、「この世の「花」や「紅葉」の美しさを愛（め）でる気持ちが湧いてくるのは、儚い恋ゆえである。そう考えれば、この世は、まことに儚いものだ」、と慨嘆する。そして、捨てがたきこの世には、三人、五人、いや百人、千人、さらには人間以外の草木ですら、恋しくないものはないのだ、と書き進める。

一葉の和歌や小説は、誰か特定の一人への恋に献げられたものではない。

歌の別れ、日記の別れ

わたしが歩む道は、世間の人たちに決して理解されないだろう。わたしが目指すのは、世間の人が知らない道なのだから……。

明治二十八年四月頃の感慨である。一葉は日記という散文体の記述の中に、折に触れて和歌を織り込むことで、みずからの心を凝縮してきた。古くは紀貫之（きのつらゆき）によって切り拓かれた『土佐日記』のスタイルでもあった。

一葉の場合、和歌は所々にしか入っていないが、それでも、散文日記を引き締める重要な役割を担っていた。ところが、本郷丸山福山町に転居して以後、「水の上」という言葉で統括される十二冊の日記に、和歌はほとんど見られなくなる。歌の別れは、そのまま日記との別れでもあった。「水の上」日記群には、空白期が多くなる。そのような中で、わずかに見られる歌は貴重である。

「憂（う）き世（よ）に儚（はかな）きものは恋なり」と書き出され、「一人の為（ため）に死なば恋死（こひじ）にし、といふ名も立つべし。万人の為に死ぬれば、いかならむ。知る人なしに怪（あや）しう、異者（こともの）にや言ひ下（くだ）されむ。いで、それも良（よ）しや」という文章に続けて、この歌がある。

「異者（こともの）」は、日記の原文では「こと物」だが、「異者」と解釈したのは、一葉の愛読書である『徒然草』第四十段との水脈が見出されるからだ。因幡（いなば）国の「ただ栗をのみ食（く）」う娘の父親は、「かかる異様（ことやう）の者（もの）、人に見ゆ（結婚する）べきにあらず」という理由で、求婚者たちを拒絶した。思えば、一葉もまた、一人の「異様（ことやう）なる娘（むすめ）」だった。それが、「拗ね者」である。

しかし『徒然草』の因幡の娘とは違って、一葉には庇護者たる父親もすでになく、頼れる男兄弟もいなかった。

この世に生きとし生ける人々すべて、さらには、人々の生活をとりまく自然のすべてに対する愛情に基づいている。それが理解できない人にとって、自分はさぞかし「異者（こともの）」であろう、だが、それはそれでよいのだ、と結論づけている。

孤独と、博愛。二つに引き裂かれた一葉の心が、ここには見える。

42

いづくより流れ来にけむ桜花垣根の水に暫し浮かべる

【出典】

『樋口一葉全集』（筑摩書房）第三巻・上。日記『水の上日記』（明治二十八年四月〜五月）の五月三日の条。41と同じ日記の末尾である。

どこから流れてきたのだろう、垣根から我が家の庭に入ってくる小川に、桜の花びらが、しばし浮いている。それも、いずれ流れ去るのではあろうが……。

『文学界』の青年たち

明治二十八年五月三日の「一葉日記」に、「去りし日、孤蝶の君と秋骨主と、二人して来る」という書き出しで、馬場孤蝶と戸川秋骨の人物評を記した文章がある。『文学界』の青年たちは、一葉の家を頻繁に訪れては、長時間、文学談義に花を咲かせていた。熱に浮かされたような彼らに対して、一葉は、「哀れ、この思ひ、今幾日(いくか)、続くべき。夏去り、秋の来るをも待たじと思へば、行く水の、乗せて去る落花にも似たり」と、熱が冷めるのを冷静に予見して、この掲載歌を添えている。

　青年たちが連れ立って訪れる様子は、一週間後の*五月十日の日記にも書かれている。この日は、馬場孤蝶と平田禿木の二人がやって来た。二人とも良家の子弟であり、『文学界』同人の中でも有望な文士であり、学士の称号も目の前にあると記し、遠慮のない談笑・議論の面白さに一葉も魅了されている。しかしその一方で、「わが身は無学無識にして、家に産なく、縁類の世に聞こゆるもなし」、「燈火の影にもの言ふ孤蝶子も、窓に倚(よ)りて沈黙する平田主(ぬし)も、その中に立ちて茶菓取り賄(まかな)ふわれも、ただ夢の中なる言種(ことぐさ)に似て」と、三者三様の情景を写し取っている。

　龍泉寺町で開いた駄菓子屋の店先には子どもたちが集まり、丸山福山町の家には、文学青年たちが集まる。萩の舎には、相変わらず華族夫人や令嬢が集まる。人の世の不思議さ、哀れさ、可笑(おか)しさを、一葉は歌に詠み、日記に綴り、小説に書くのだった。

【五月十日の日記】

　五月十日の記事は、『樋口一葉全集』(筑摩書房)第三巻・上。日記『水の上につ記』(明治二十八年五月)。

　ここに、孤蝶と禿木のことを、「彼は、行く水の流れに落花暫くの春を留(とど)むるの人なるべく、いかで、永久(とこしへ)の友ならむや」とあるのは、42の歌の内容を散文で再述しているような趣がある。

　孤蝶は、「高知の名物(有名人)」と称えられる馬場辰猪を兄に持ち、禿木は、「日本橋の豪商」の家に生まれた。それと比べると自分は何者でもないが、「はかなき女子の一身を献げて、思ふ事を世になさむ」とする心を持っている。それが、文学に向かう一葉の純粋な情熱だった。

43 よ*そに聞く逢坂山（あふさかやま）ぞ恨めしき我は雲居（くもゐ）の遠き隔てを

懐かしき友

逢坂山（おうさかやま）は有名な歌枕だが、もちろんわたしは行ったことなどない。だから便りを見て、その遙かな遠さが恨めしいのだ……。

「萩の舎」の宿題としての詠草は、明治二十八年九月の十五首で終わる。その末尾に置かれた歌である。直前の歌は、「降る雨の晴*れせず物を思ふかな今日もひねもす友なしにして」。二首とも馬場孤蝶を詠んでいる。

「降る雨の」の詞書には、「親しき友の、新たに官賜（つかさたまは）りて、何某（なにがし）の県（あがた）に赴きたる頃、日毎（ひごと）に雨降りて、いと徒然（つれづれ）なるに」とあって、

【出典】

『樋口一葉全集』（筑摩書房）第四巻・上、詠草46「宿題」（明治二十八年九月）。

【「よそに聞く」の歌】

「我は雲居の遠き隔てを」は、『源氏物語』須磨巻で、いつも一緒に仲良くしていた光源氏が須磨に行ってしまった孤独を、「たづがなき雲居に一人音（ね）をぞ泣くつばさ並べし友を恋ひつつ」と頭中将が詠んだ歌を、かすめているのかもしれない。

頭中将は、都の宮中に、光源氏は遠い須磨に別れて暮らしている。ならば、一葉の歌の「我は雲居の」は、自分は

歌の背景がわかる。ちなみに、孤蝶*はこの頃、滋賀県の彦根中学に、英語教師として赴任している。掲載歌には、次のような、かなり長い詞書が、記されている。

《人も、寂しさの遣る方なければとて、任所に近き野山の名所など、暇ある毎に見巡るめり。一日、逢坂山より、として、汽車待つ間のすさびに、文おこしぬ。うちに、蟬丸の社の、物寂びたるも、ゆかし、など書かれたるを、見れば、さやうならむ縁の端などに、仮初の旅姿、軽らかにしなして、草鞋など仔細らしく履き締めつつ、尻打ちかけて、矢立の筆、走らしけむ様、面影に浮かびて、可笑しく、今も見てしかと、漫ろに懐かしうさへなりぬ。》

「旅姿、軽らかにしなして」とか、「草鞋など仔細らしく履き締めつつ」などという表現は、まるで目の前に孤蝶の姿や仕草を見ているかのような書き方で、孤蝶への親愛の情が感じられる。

　このような、詞書の領域をはるか超えた長い文章を持つ詠草を、実際に萩の舎に提出したのだろうか。文章と和歌が一体となった一葉の「歌文」の中でも、これは一読忘れがたい名品である。

「都」である東京にいるのに、友である孤蝶が、光源氏のように遠い他国へさすらっていった、という見立てでもあろうか。むろん、孤蝶は失脚して左遷されたのではなく、「官」を賜って赴任したのではあるが。

【晴れせず物を思ふかな】
　『源氏物語』少女（おとめ）巻に登場する「雲居の雁」のネーミングの由来となった古歌、「霧深き雲居の雁も我がごとや晴れせずものは悲しかるらむ」を、かすめているか。

【馬場孤蝶】
　孤蝶は、明治二十八年九月から、彦根に赴任した。彼が東京に戻ってくる明治三十年の前年、一葉は逝去した。
　明治四十五年の『一葉全集』（博文館）に「一葉日記」が加わったのは、馬場孤蝶の校訂による。

44

極(きは)みなき大海原(おほうなばら)に出(い)でにけりやらばや小舟(をぶね)波のまにま*に

【出典】
『樋口一葉全集』（筑摩書房）第三巻・上。日記『水のうへ日記』（明治二十八年十月〜十一月）。

【やらばや】
「やる」は、舟を操縦して、進ませること。江戸末期の異色歌人・大隈言道（おおくま・ことみち）に、「巨椋（おほくら）の入江さやかに飛ぶ螢その一むらに船をやらばや」という歌がある。

漂う小舟

限りもない大海原に、わたしは出てしまった。寄る辺の岸は何処(どこ)にも見えない。今は波間を縫い、この小舟を漕ぐばかり……。

明治二十八年十月三十一日の「一葉日記」に出ている歌である。一葉の文名が、とみに高まっている時期だった。終(つい)の棲家となった本郷の丸山福山町に転居した後の発表作を、略述しよう。

まずは『文学界』に、次々と名作が発表された。明治二十七年、『暗夜(やみよ)』が十一月まで断続的に掲載、『大つごもり』もその題に相応しく、十二月三十日に出た。明けて明治二十八年一月からは年末までかけて、『たけくらべ』を発表。その他、『太陽』に『ゆく雲』（五月）、『読売新聞』に『うつせみ』（八月）を発表。そして、『文芸倶楽部』の六月に*『経づくえ』の再掲があり、九月に『にごりえ』が出て、俄然、世間の注目が集まった。『大つごもり』から以後を、「奇跡の十四か月」と呼ぶ。

そのような中にあって一葉の心には、「恐ろしき世の波風に、これより我が身の漂はむなれや。（中略）舟は、流れの上に乗りぬ。隠れ岩に砕けざらむほどは、引き戻す事、難かるべきか」という現実認識があった。これを受けて、掲載歌が詠まれた。

同時期に、次のような俳文もある。「*身は、もと江湖の一扁舟。自ら一葉と名告つて、蘆の葉の危ふきを知るといへども、（中略）よしや、海龍王の怒りに触れて、狂瀾、忽ち、それも何かは。／さりとはの浮き世は三分五里霧中」。世の中を軽くいなす「*浮き世は三分五厘」という慣用句の「五厘」を、「五里」へと素早く切り替えて軽妙だが、「五里霧中」は、「極みなき大海原」と通底する一葉の心象風景であろう。

【『経づくえ』】
初出は、『甲陽新報』明治二十五年十月。

【身は、もと江湖の一扁舟】
『樋口一葉全集』（筑摩書房）第三巻・下。「雑記8」、『はな紅葉　一の巻』。「扁舟」は、小舟。「蘆の葉」は、達磨が蘆の葉に乗って、中国にやって来て揚子江を渡ったという故事を踏まえる。21参照のこと。「狂瀾」の原文は「狂らん」であり、「狂乱」とも、「狂ふらん」とも解釈できるが、ここでは「狂瀾」（荒れ狂う波が、すぐに襲ってくる）の意味と取りたい。

【浮き世は三分五厘】
「浮き世は一分五厘」とも言い、この世のことにはそれほどの価値はない、という意味。

45

玉にとはかけても言はじ庭石（にはいし）の見らるるほどの世を経（へ）てしがな

【出典】

『樋口一葉全集』（筑摩書房）第四巻・上、詠草47「うたかた」（明治二十七年十一月～明治二十八年十一月）。

【玉と石】

「玉石混淆」という言葉があるよう

石に託した心

玉となって賞讃されたいなどとは決して言うまいが、石なら石でも、庭石として見られるくらいの人生でありたいものだ……。

明治二十八年十一月の作と推定されている。「石」という題で詠まれた二首のうちの、後の方の歌である。

この直前に置かれているのは、「石とのみ思ひ捨てめや磨（みが）きては玉と成るさへあるてふものを」である。「石のようにつまらぬものと最初から諦めてはいけない。石も磨けば玉になるものさえある、と言うではないか」と詠んで、刻苦勉励すれば優れたものとなると述べている。この一首だけならば、世間でよく言われる格言的・修身的な生き方をなぞったような、詠み方で終わるところであるが、掲載歌があることによって、言わば「建て前」と「本音」の両方を、一葉は詠み分けたのではないだろうか。

ある時は、寄る辺ない孤独の中で人生に行き暮れ、またある時は、一転して世間を面白おかしく渡ってゆこうと思い切る。自分は*玉なのか、石なのか。

この二首が詠まれてから間もない十二月十日に、『*文芸倶楽部』が臨時増刊「閨秀小説」と銘打ち、女性作家たちの作品を一挙に掲載した。しかも、一葉を含めて七人は、肖像写真付きである。明治二十九年一月の「一葉日記」には、「閨秀小説の売れつるは、前代未聞にして、早くに三万を売り尽くし、再版をさへ出だすにいたれり」とある。一葉の写真も多くの人々の目に触れただろう。けれども、この日記の末尾に「*我が心は石にあらず、一封の書状、百金の黄金にて転ばし得べきや」と書き、自分は「転石」ではないと、世間の熱狂や勧誘に動じない態度を示した。

に、「玉」は価値あるもので、「石」は価値のないものである。

「石」とされたものが磨かれて「玉」となった例としては、「卞和（べんか）の玉」（和氏の玉、連城の玉）の故事がある。元は石であったのではなく、素晴らしい玉の原石が、真実を見抜けない凡人の目には石にしか見えなかったのである。一葉の文学人生は、原石が「連城の玉」となって、隠れていた光を現したものだった。

【『文芸倶楽部』の「閨秀小説」】

肖像写真は、一葉の他に、小金井喜美子・若松賤子・田澤稲舟（いなぶね）・北田薄氷（うすらい）・伊藤響花（しんか）・石榑（いしぐれ）わか子である。

【我が心は石にあらず】

『樋口一葉全集』（筑摩書房）第三巻・上。日記『水のうへ』（明治二十八年十二月～二十九年一月）の末尾。

「我が心は石にあらず」は、『詩経』の言葉で、石のように転がらずに、心が不動であることのたとえ。

46

梅の花見に来し岡の霜解けに休らひをれば春風ぞ吹く

風の道ふたたび

岡の上の梅林を目指して来たものの、霜どけ道に歩きなずみ、しばし休んでいると春風が吹いて、額や頬をかすめてゆく……。

この歌は明治二十九年二月の作で、題は「早春風」*。「梅の花」や「春風」には明るいイメージがあるが、「休らひをれば」という言葉に、かすかな倦怠感や疲労感を感じてしまうのは、この歌の直前に置かれている歌と、響き合わせて読むからだろうか。

その歌は、「萌え出づる小草を見ても春雨のふることばかりしのばるるかな」である。題は「寄春雨懐旧」*。この歌は、「春雨の

【出典】

『樋口一葉全集』(筑摩書房)第三巻・上。日記『みづの上』(明治二十九年二月)の末尾。

【早春風】

「早春の風」という題で、「梅」を詠むことは少ない。一葉の歌では、「梅の花」とあっても、風に運ばれてくる芳香はさほど感じられない。そこに、倦怠感や疲労感を感じてしまうのである。

【寄春雨懐旧】

降る事」と「古事」（昔の出来事）が掛詞になっている。「古い事ばかり」つまり、昔のことばかりが懐かしく偲ばれるというのである。草の芽生えという明るさや楽しさよりも、春雨によって静かに過去の思い出が呼び起こされている。まだ数えで二十五歳という一葉の年齢からすれば、あまりにも早すぎる懐旧であるが、すでにこの時、一葉は「最後の一年」を生きている。

ともすれば、過去を顧みがちになる一葉ではあったが、それでも、ふとした日常の中で、「休らい＝安らい」の一時が訪れる。その一瞬が、春風によってもたらされる。この二首が、「一葉日記」に記された自作の和歌の最後であった。思えば一葉が、萩の舎の発会で「風はありけり」と詠んで、最高点を取ったのは、九年前の明治二十年二月のことだった。

この二首を含む日記の冒頭部に書かれている、「暫し、文机に頬杖つきて思へば、真に、*我は女なりけるものを。何事の思ひありとて、そは、為すべき事かは」という、深い溜息のような一節は、一葉研究で注目されてきた文章である。

「春雨に寄する懐旧」という題は、古典和歌では少なく、「雨に寄する懐旧」という題ならば、いくつかの例がある。一葉の念頭にはなかったと思われるが、正徹に、「雨ぞ憂（う）きこまかに世々のふることも面影浮かぶ閨（ねや）の袂（たもと）に」という歌があり、雨が「降る」と「古事」を掛詞にしている。

【我は女なりけるものを】
女性として生まれた自分が、明治の世を生きて、表現者となることの困難さを、一葉は噛みしめている。

47

夢路（ゆめぢ）にて夢と知りせば思ふこと心のままに言はましものを

【出典】

『樋口一葉全集』（筑摩書房）第四巻・上、詠草補遺8。

鷗外の絶賛、緑雨の批評

夢を見ていて、これが夢だとわかれば、誰憚（だれはばか）ることなく、自分が思うことを、心のままに何でも自由に言いたいのだが……。

これは、明治二十九年春の作かとされる歌である。類似する文章が、明治二十九年二月二十日の「一葉日記」に見えるのだ。46で挙げた「我は女なりけるものを」の直前の文章である。この時、一葉は文机の上でうたたねをして、夢を見た。「見たりける夢の中には、思ふ事、心のままに言ひもしつ」。夢の中では、自分の心の真実をそのまま言うことができたが、現実に戻れば、「怪（あや）しう、一人、この世に生まれし心地(ここち)ぞする」。自分は独りぼっちで、自分のことを本当に分かってくれる人は一人もいない。夢と現実は乖離(かいり)しているという、一葉の痛切な認識である。

この後に、ほんの小さな切れ切れの言葉が置かれている。「鷗外が物したる『めさまし草』批評のうち」。これは何を書こうとしたのだろうか。明治二十九年二月、『めさまし草 まきの三』に、森鷗外[*]は「詩人の閲歴(えつれき)に就(つ)きて」を書いて、一葉文学の特異な達成を、世間の人々に印象付けた。これより前の一月八日・九日には、斎藤緑雨(りょくう)[*]が手紙を寄こして、文壇の評判に惑わされるなと、一葉に忠告した。四月の『文芸倶楽部』に『たけくらべ』が一括して掲載されたのを承(う)け、鷗外は『めさまし草』誌上で、『たけくらべ』を絶賛した。それを読んだ上田敏が、平田禿木と戸川秋骨に知らせ、二人は一葉の家に走ってこのことを伝えた。

一葉文学を巡る一連の慌(あわ)ただしさの中、一葉は、鷗外と緑雨に直接関わる歌を残していないが、この二人によって一葉文学の心の真実が深く洞察されたことは、晩年の幸せだったと言えよう。

【森鷗外】
一八六二～一九二二。夏目漱石と並び称される明治の文豪。一葉は、鷗外の系脈に属する文学者であった。鷗外の『たけくらべ』絶賛は、漱石が芥川龍之介『鼻』を絶賛したことと並ぶ、近代文学史の大事件だった。
なお、一葉の父・則義が、かつて東京府に勤めていた頃に、漱石の父・直克が上司だったことがある。ただし、そのことが、両家の繋がりに発展することはなかった。

【斎藤緑雨】
一八六七～一九〇四。「正直正太夫」という号で、批評を書いた。「一葉日記」にも、彼の人物像が的確に書かれている。博文館の『一葉全集』の発行に力を注ぎ、「一葉日記」も手元に置いていた。死に際して、馬場孤蝶に「一葉日記」を託した。その後で、孤蝶が「一葉日記」を世に出したことは、43でも触れた。

48 鳴く蟬の声喧しき木隠れに咲く梔子の花もありけり

【出典】
『樋口一葉全集』（筑摩書房）第四巻・下、附録2の7、「生前に出版された和歌作品」、『智徳会雑誌』。

【梔子の花】
古典和歌で、「梔子（くちなし）」が詠まれる時には、梔子の実で染めた「梔子色」がモチーフであることがほとんどである。その中で、村田春海（むらた・はるみ）の『琴後集（ことじりしゅう）』に、「木隠れて人に知られぬ梔子の花に憂き身をたぐへてや見む」とあるのが注目される。

木隠れの花

蟬がうるさいくらい元気に鳴いている。花の香りに誘われて木陰にふと目をやると、梔子*の花が咲いているではないか……。

明治二十九年八月、『智徳会雑誌』第三十一号に掲載された八首の冒頭歌である。当時の一葉は病気のために、新たな創作をするのは無理な状況だった。そこで掲載誌の発行時期を念頭に、夏の歌の中から旧稿を改作して提出したのだろう。この歌と酷似した歌が、すでに明治二十七年*の詠草に見える。「鳴く蟬の声喧しき木隠れに知らず顔なる梔子の花」という歌が、それである。

騒々しい蟬の声と、それに知らんぷりする、ちょっと小癪な梔子の花の対比が鮮やかである。この旧稿に、最小限の推敲を施すことで、当時の一葉をめぐる、うるさいまでの評価をよそに、梔子の花に「口無し」を利かせて、世評に取り合ったりせずに、沈黙を守る自分自身の姿を象徴させたと思われる。

なお、八首のうち、歌の表現を変えたのは、ここだけで、その他の歌は旧稿のままである。ただし、題を変えた歌はある。八首の全容は、番号と題を付けて49の鑑賞文末尾に掲げる。

ちなみに、『智徳会雑誌』は神戸出身の実業家・*光村利藻が創刊した啓蒙教育雑誌。利藻は写真家としても活躍し、印刷出版に情熱を注いだ。当時、利藻は博文館の大橋乙羽と親しかったことから、博文館の『文芸倶楽部』に作品が掲載されている一葉に、寄稿を求めたのであろう。「閨秀小説」の特集号には、利藻が撮影した風景や鳥の写真が、多数掲載されている。また、原稿の催促に編集担当の*泉谷氏一が、一葉宅を訪問したことは、明治二十九年七月十七日の「一葉日記」に記されている。

【明治二十七年の詠草】
『樋口一葉全集』（筑摩書房）第四巻・上、詠草41「みやぎ野」。「知らず顔なる」は、古典和歌でかなり用いられる表現であるが、どことなくよそよそしい感じがある。『智徳会雑誌』掲載の表現には、推敲の跡が見える。

【光村利藻】
一八七七〜一九五五。実業家。写真に興味を持ち、現在の光村印刷を興す。刀剣の趣味でも知られる。明治三十七年のセントルイス万博に、仁和寺所蔵の国宝「孔雀明王像」を、木版多色刷りで復元して出品したことは有名。

【泉谷氏一】
新世社版『樋口一葉全集』第一巻月報（『一葉ふね』第五号）で、小島政二郎は泉谷が一葉の家を訪れた経緯を、泉谷からの私信を引用しながら紹介している。

49

なかなかに選ばぬ宿は葦垣(あしがき)のあしき隣もよしや世の中

【出典】

『樋口一葉全集』(筑摩書房)第四巻・下、附録2の7、「生前に出版された和歌作品」、『智徳会雑誌』。

【葦垣のあしき】

「葦垣」は、『古今和歌集』の「人知れぬ思ひやなぞと葦垣の間近けれどもあふよしのなき」が著名で、『源氏物語』常夏(とこなつ)の巻にも引歌されている。

「葦垣の葦(あし)」を、「葦垣の悪し(あし)」に転じたのが、一葉の工夫である。「葦」という漢字は、「よし」とも読む。「よし」は「良し」に通じ

世の中のあやにくさ

住まいはよく選ばないと、葦垣の垣根のすぐ隣が良くない家のこともある。ままよ、それが世の中というものなのだろう……。

『智徳会雑誌』に発表された八首の内の三首目である。題も歌も、旧稿と同じである。旧稿は、明治二十七年五月に転居して終(つい)の棲(すみ)家(か)となった、本郷丸山福山町の隣家を詠んだ歌で、この家は『にごりえ』の「菊の井」のモデルとなった銘酒家だった。

最後に『智徳会雑誌』掲載歌の全貌を示して、夏から秋への移ろいと人生観からなる、一葉生前最後の公刊作品を味わいたい。

（1）梔子(くちなし)の花　（初詠は、明治二十七年八月）
鳴く蟬の声喧(かしま)しき木隠(こがく)れに咲く梔子(くちなし)の花もありけり

（2）裏屋夏月　（初詠は「茅屋夏月」、明治二十八年七月）
竹莚(たかむしろ)子等(こら)に敷かせて臥待(ふしまち)の月かげ涼し蓬生(よもぎふ)の宿

（3）隣　（初詠は、明治二十七年五月）
なかなかに選ばぬ宿は葦垣(あしがき)のあしき隣もよしや世の中

（4）池夏月　（初詠は、明治二十七年夏）
吹く風に片寄(かたよ)る池の浮草の絶え間(たま)涼しき夏の夜の月

（5）夏蝶　（初詠は、明治二十七年夏）
眠(ねぶ)りけり誰(た)が床夏(とこなつ)の花ぞとも知らでや蝶の我(わ)が物(もの)にして

（6）川納涼　（初詠は「夏舟」、明治二十七年夏）
隅田川誰(た)が涼み舟さす棹(さを)の慣れぬ手振(てぶ)りも面白きかな

（7）隣家　（初詠は「隣家泉」、明治二十八年七月）
涼しさも隣の水の音なひはよその宝の心地こそすれ

（8）閨中扇　（初詠は「扇」、明治二十七年夏）
手にならす閨*の扇の秋風は思ふ仲にも厭(いと)はざりけり

ている。まさに、「よしや、あしや」である。

【閨の扇】
「秋の扇」は、班女（はんじょ）の嘆きを踏まえ、悲しい景物である。藤原良経の、「手にならす夏の扇と思へどもただ秋風のすみかなりけり」は、男に「飽き」られた女の嘆きがにじむ。一葉は、その扇を、「厭はざりけり」と歌っていて、新鮮である。

50

木枯(こがらし)の吹く音(おと)寒き冬の夜(よ)はかけても*君の恋しかりけり

【出典】

『樋口一葉全集』（筑摩書房）第四巻・上、「詠草補遺9」。題は、「冬夜恋」。

【かけても恋し】

「かけても恋し」とは、心にかかって恋しく思われる、の意。ただし、王朝和歌の「百敷（ももしき）に心移りて夕襷（ゆふだすき）かけても恋ししめのうちをば」（『大斎院前の御集（だいさいいんさきのぎょしゅう）』）のように、「襷」などの縁語がほしいところである。一葉は、襷が肩に掛かるように、恋が心にかかっている、と歌っている。

一葉の歌とともに

木枯らしが吹きすさぶ冬の夜は、ほんとうに、あなたのことが恋しく思われる……。

明治二十九年十一月の歌である。一葉はこの年の十一月二十三日に、数えの二十五歳で亡くなったので、死の直前の歌である。

死の直前に恋しいと詠んだ「君」とは、誰なのだろうか。ある特定の人というより、短くも充実した二十五年の生涯で、一葉が出会った人々、また、書物を通しての友。そして一葉没後も一葉作品を途絶えることなく読み継いできた、読者一人一人。これらすべての人々に対して発せられた、一葉最後の言葉として、この歌を受け止めたいと思う。

「一葉日記」にも何度か登場する、萩の舎の客員歌人に、小出粲（こいでつばら）がいる。粲は梔園（しえん）と号し、歌集に『くちなしの花』『くちなしの花・続編』『くちなしの花・後編』がある。その続編の中に、「一葉女史の亡くなりたる頃」という詞書の追悼歌がある。

木枯（こがらし）の声のみ空に響きつつ残る一葉（ひとは）も無きが悲しさ

「木枯」*という季節の言葉が、最後の掲載歌として挙げた一葉の歌と暗合する。一葉と粲の交流は08でも述べたが、明治二十八年五月六日の「一葉日記」にも、一葉が歌人として大成する心得を、粲が一葉に教えさとしたことが出てくる。一葉の若すぎる死は、惜しんでも惜しみきれないが、詠草だけでなく、一葉が書き残した小説・日記・手紙・草稿などすべてに、和歌の心が流れ、和歌の表現が沁み通っている。

本書に抽出した五十首から、文学者樋口一葉の心を、和歌が包み込んでいることを垣間見られたならば、幸いである。

【木枯の女】

『源氏物語』帚木（ははきぎ）巻の「雨夜の品定め」に登場する「木枯の女」は、笛を吹く男に、琴の音を和する浮気な女だったが、一葉の歌は、荒寥たる心象風景の中を吹き渡る、悲しい木枯の音を歌っている。自らの孤独に匹敵する孤独を抱えている人物との出会いを、希求しているのである。

一葉文学の愛読者は、萩の舎の発会で最高点を取った、01「風はありけり」の歌を忘れることはできないだろう。いつの時代にも、いつの季節にも、心の中を吹き渡る風がある。一葉文学は、吹き渡る風を読者の心に感じさせてくれる。

歌人略伝

樋口一葉は、現在では『たけくらべ』などで知られる小説家であるが、文学的な出発は「和歌」にあった。戸籍名は、奈津。自分では、「なつ」「夏」「夏子」などとも署名した。明治五年、現在の東京都千代田区で誕生。父は、甲斐（山梨）の農民に生まれ、江戸に出て直参の武士となり、維新後は東京府の役人を務めた。五人兄弟であったが、明治二十二年に父が死去してからは、母（たき・滝）・妹（邦子・国子）との三人暮らしが始まり、一葉は戸主として生計をまかなった。これより先、明治十九年、中島歌子の「萩の舎」に入門して、和歌・古典・書道を学んだ。萩の舎には、上流家庭の子女が集い、旧派和歌の歌人たちが顧問で指導していた。一葉は、同門の田辺（後に三宅）花圃らと共に、和歌の研鑽を積んだ。その花圃が、小説で名を挙げたことに刺激され、一葉も小説で身を立てることを決心した。明治二十四年、新聞小説家である半井桃水に師事し、小説を発表し始めた。桃水には心惹かれながらも別離した。同人誌『文学界』の青年たちとの交友も始まる。明治二十六年、下谷龍泉寺町に転居して、荒物や駄菓子を売る店を開いたが、再び文筆に戻る。『大つごもり』『たけくらべ』『にごりえ』などの名作が立て続けに発表された「奇跡の十四か月」の時期には、森鷗外などから絶賛されたが、明治二十九年、数えの二十五歳（満二十四歳六か月）で、肺結核のため死去。生涯にわたって「一葉日記」と総称される膨大な日記を残した。散文の中に和歌を含む「歌文」スタイルは、一葉文学の到達点を指し示している。法名は、智相院釈妙葉信女。

年譜

年号	西暦	満年齢	樋口一葉の事蹟	歴史事蹟
明治　五年	一八七二	0	旧暦三月二十五日（新暦五月二日）東京で誕生。	十二月三日、新暦（太陽暦）へ移行する。
明治一四年	一八八一	9	本郷から下谷御徒町に転居。	開拓使官有物払下げ事件、明治十四年の政変。
明治一九年	一八八六	14	八月二日、中島歌子の「萩の舎」に入門。	バーネット『小公子』、ランボー『イリュミナシオン』。
明治二〇年	一八八七	15	一月、「一葉日記」の『身のふる衣　まきのいち』起筆。	二葉亭四迷『浮雲』、ロチ『お菊さん』。
明治二二年	一八八九	17	七月、父則義死去。渋谷三郎との婚約も破談。	大日本帝国憲法発布。訳詩集『於母影』。
明治二四年	一八九一	19	四月、半井桃水を訪ね、小説の師と仰ぐ。	ロシア皇太子が狙撃された大津事件。

明治二五年	一八九二	20	桃水と別離。小説『闇桜』『たま襷』『うもれ木』などを発表。	森鷗外の書斎「観潮楼」、本郷千駄木に完成。
明治二六年	一八九三	21	『文学界』同人との交友が始まる。七月、下谷龍泉寺町に転居し、駄菓子屋を営む。小説『雪の日』『琴の音』などを発表。	郡司大尉、千島探検。福島中佐、シベリア横断。
明治二七年	一八九四	22	本郷丸山福山町に転居。小説『花ごもり』『暗夜』『大つごもり』などを発表。	日清戦争。連合艦隊、黄海海戦で、清国北洋艦隊を撃沈。
明治二八年	一八九五	23	小説『たけくらべ』『にごりえ』『十三夜』などを相次いで発表。	日清講和条約。三国干渉。田澤稲舟、山田美妙と結婚。
明治二九年	一八九六	24	『たけくらべ』が森鷗外から絶賛される。十一月二十三日、逝去。	若松賤子没（三十一歳）、田澤稲舟没（二十一歳）。

解説　「虚無の浮き世を見据えた歌人　樋口一葉」――島内裕子

一葉の居場所

一葉樋口夏子は、明治五年（一八七二）に東京に生まれ、明治二十九年（一八九六）に東京で没した。享年二十五（数え年）。一葉の短かった人生は、「文学が人間に何をもたらすか」という命題を封じ込めた小さな香炉のようだ。そっと蓋を開けると、人生のさまざまなシーンが立ち昇ってくる。

最初にまず、和歌があった。中島歌子が主宰する歌塾「萩の舎」という所を得て、明確な輪郭をもつ「和歌の世界」が、一葉の前に扉を開いて待ち受けていた。毎週の稽古日、そして毎月の歌会、さらには同門の女性たちの中には、自宅で歌会を開くことが許された人々もいて、一葉は和歌の研鑽の機会を多く持つことができた。

萩の舎は、鍋島家や前田家を始めとする華族の夫人や令嬢たちが集う歌塾だった。このことは、一葉に、それまでにはうかがい知れなかった、世間の広さの一端を垣間見せることとなった。それと同時に、華族の女性たちの物腰態度や美しい衣裳は、まだうら若い一葉にとって、どのように映ったのか。自分の境遇との違いは、はっきり心に刻まれたであろうから、この歌塾で学び続けるのは無理と思い定めて、退会するという選択肢もあったかもしれない。けれども、種々の理由から萩の舎に通うことが間遠になった時期があったとしても、一葉は数えの十五歳で入門して以来、二十五歳で亡くなるまで、萩の舎の門人であり続けた。身分や身なりの悩みよりも、萩の舎で和歌や古典や書道を学ぶ喜びの方が、格段に勝っていたのだろう。数少ないとは言え、心を許す女友だちもできた。

一葉は入門して半年くらいが経った時点で、年が明けて最初に開かれた「発会」において、和歌の最高点を獲得する体験をしている。このことがあったからこそ一葉は、日記を書き始めた。『身のふる衣　まきのいち』と題された日記が、記念すべき「一葉日記」の第一冊だった。綺羅をまとった女性たちに交じって、古びた着物で参加した一葉の、恥じらいと心意気のこもごもを象徴する題名である。

こうして「和歌と日記」は、分かち難い存在となって、一葉の「心の居場所」を創り出した。初期の日記は「萩の舎帖」と総称できるほど、萩の舎での出来事が中心テーマであり、中島歌子による和歌指導のことも具体的に書かれている。当時は「題詠」というスタイルが一般的であったが、「歌題」に即して歌を詠む題詠は、一葉にとって自由な詠み方を掣肘されることではなく、歌題があることによって、三十一文字の言葉の連なりが、一筋の流れとなって注ぎ込むことができる器を持つことを意味した。

しかし、萩の舎での和歌・古典・書道の修学だけで終わっていたならば、明治の文学者樋口一葉は誕生しなかったろう。一葉を戸主とする母と妹との女所帯のやりくりは苦労の連続だった。家計を助けるために小説執筆を思い立ったのも、萩の舎の先輩である田辺花圃が、

『藪の鶯』という小説を書き、その稿料で兄の法要を行ったという、身近な実例があったからだ。

一葉の妹邦子の友人だった野々宮菊子の紹介で、新聞小説家の半井桃水に入門した時期からの「一葉日記」は、次第に桃水への思いを書き綴る「桃水帖」となり、恋の苦悩を昇華しようとする内面の葛藤は、一葉の思索に深みをもたらすことになる。桃水への思いは成就しなかったが、思うに任せぬ日々の中で、桃水との交流の思い出は「心の故郷」として、辛い日々の慰藉となった。その思慕も慰藉も、一葉は和歌に託して表現した。

「一葉日記」は、最終的には、小説発表の主な舞台となった『文学界』同人たちとの交流や友情をテーマとする「文学界帖」となった。若い男女の文学的な交流は、長い歴史を持つ日本文学史上でも珍しいことで、まさに明治の青春であった。巨視的に眺めるならば、平安時代に清少納言が、『枕草子』で生き生きと描いた、宮廷女房と上流貴族の子弟たちとの、知的で闊達な文学談義と同列であると考えてよいだろう。また、そのように把握してこそ、樋口一葉は清少納言以来、九百年ぶりに現われた文学者だったことが明らかとなる。

一葉が書き継いできた「一葉日記」の最後の場面は、明治文壇に異色の個性を発揮した斎藤緑雨との文学論の立て引きである。一葉と緑雨の取り合わせは、「一葉日記」の中でも、もっともスリリングで、一葉文学の総体を「泣きての後の冷笑」という一句に集約してみせた緑雨の斬り込みは鋭かった。『たけくらべ』を絶賛した森鷗外・幸田露伴たちは、雑誌『めさまし草』の一員に一葉を迎えたいという意向だったが、緑雨は、そのことで文壇の批判や心ない世間の噂の種になってはならないと、一葉に強く忠告した。一葉はそれに対して、「此の男の心中、いささか解さぬ我にもあらず。何かは。今更の世評沙汰」と書き、ここで日記は中断された。「一葉日記」全編の幕は閉じたのである。斎藤緑雨の懸念を余所に、一葉はすでに文学との向き合い方を、しっかりと自覚していた。

住まいという境遇

　これまで述べたように、「一葉日記」の流れを大きく把握してみれば、歌塾「萩の舎」に基盤を置きながらも、一葉は、半井桃水や『文学界』の青年たち、そして最後に登場する斎藤緑雨との出会いを日記に描いてきた。そのことは、一葉にとって稀有な文学体験となったが、文学に携わることでどのような軋轢が生じ、どれほど文筆に携わる人間の心が傷つくかという荒涼たる光景も、見抜いたであろう。その過程で、自分自身の心と向き合う思索的な態度を深化させ、この世の現実とどのように渡り合い、自分の人生、ひいては外界をどのように認識するかを、一葉は自得したのだと思われる。

　なぜなら、文章で書き綴られる日記の中に、思索の到達点を集約したような和歌を点綴したことが、「一葉日記」の画竜点睛となっているからである。従来は、母娘三人暮らしの生計を立てるために、健気に生きた一葉というイメージが先行しがちであったが、和歌に彩られた「一葉日記」を読んでゆくと、思索家としての一葉の姿が新たに浮かび上がってくる。

　先に、「萩の舎帖」「桃水帖」「文学界帖」と書いたのは、あくまでも「一葉日記」に書かれている中心テーマによって、わたくしが試みに名付けた名称である。一葉自身は、日々の暮らしと密接にかかわる居住地の所柄に合わせて、その土地に相応しい文学的な名称を、日記帖のそれぞれに与えている。

一葉は幼少期から東京の中を何度も転居したが、父樋口則義の没後、母たき（滝）と、妹邦子（国子）との三人暮らしになってからは、本郷菊坂町に二年十一か月、下谷龍泉寺町に十か月、本郷丸山福山町に二年七か月を暮らして、生涯を閉じた。その間に書き記した日記帖である「一葉日記」は、半紙を二つ折り、あるいは四つ折りに折って綴じた冊子の形態で、四十冊以上にのぼる。日付を伴わぬ書き止しのような、それでもかなり長い文章や和歌が書かれている冊子も、少なからずある。

本郷菊坂町時代は「蓬生」という名前の系列の日記群、下谷龍泉寺町時代は「塵の中」という名前の系列の日記群、最後の本郷丸山福山町時代は「水の上」という名前の系列の日記群である。住居地が変われば日記帖の名前も変わり、それ以前の名称が転居後に持ち越して使われることはない。今、系列と書いたのは、題名の表記はさまざまであり、たとえば「蓬生」系の日記で言えば、『蓬生日記』『よもぎふにつ記』などと書かれ、「塵の中」系は『塵中日記』『日記　ちりの中』など、そして「水の上」系は、『水の上日記』『水のうへ』などと、さまざまに書かれる。

なお本書では、これらを原則として「一葉日記」という名称で総称し、日記の記事に言及する際に、その記事が書かれている冊子の名称は省いて、年月日を示すことにとどめたが、適宜、必要に応じて、題名表記を書いた場合もある。

一葉の日々は、住まいと分かちがたく、住まいの所柄が、一葉の暮らしの意識を規定している。「蓬生」は、単なる荒れ果てた野原ではなく、かつては風雅な邸宅だった場所が、人も訪ねぬような忘れられた場所となっていることを示す言葉であり、「塵の中」は、埃っぽくごみごみした環境を表している。「水の上」というのは、丸山福山町の住まいの一部が、庭の池に張り出していたことからの命名であろうが、芭蕉の『おくのほそ道』の冒頭部分で、「舟の上に生涯を浮かべ」とある部分とも響き合い、人生の寄る辺なさとも通底する象徴性を帯びる。

それにしても、一葉が自分の住まいの環境を的確に把握していることには驚かされる。ただし、一葉とて、蓬が生い茂る落ちぶれた生活や、浮き世の塵にまみれた貧しい生活、寄る辺なき水の上のような不安定な生活を描くために、日記を書いたわけではない。日記は、そのような境遇にあってなお、何がしかの光を求める場所であり、自分自身が本当に希求する生活を手繰り寄せるための、思索の鍛錬場であった。

その根底には、すでに述べたように、和歌がある。現代の眼から見ると、一葉は小説家の領域に存在するかもしれないが、一葉文学の最良の理解者であった二人が、一葉と和歌の繋がりの強さを明記している。すなわち、斎藤緑雨と、妹の邦子である。

一葉舟の航跡

明治二十九年十一月二十三日に一葉が没して翌年の一月九日といえば、まだ二か月と経っていない時期である。この日、博文館から『校訂　一葉全集』が刊行された。その冒頭第一頁の中央に収まる、簡潔明晰な略伝は斎藤緑雨によって書かれた。一葉の経歴は、「歌を善くし、文を善くし、兼て書を善くす」とある。緑雨は、まず何よりも歌人として一葉を認識している。その緑雨ならではと思うのは、一葉の和歌を集めて書き写した手控えが残っていたことである。三百首近い一葉の和歌が集められており、それらのほとんどは萩の舎同門の人々の家で行われた和歌の練習会で詠んだ歌（数詠）である。緑雨は一葉没後、一葉と親しかった田辺（旧姓伊東）夏子の協力を得て、これらの歌を収集した。一葉和歌の重要性に鑑みての企図であろう。

また、一葉没後二十年以上経った大正十一年十二月の歌誌『心の花』（佐佐木信綱の主宰）に、妹の邦子の談話が載った。邦子は、一葉が歌が好きで、短い中に自分の心を込められるのが歌であると日頃から考えていたと、姉のことを回想している。

生計を立てるために母娘三人が、着物の仕立てや洗濯に忙しく働く日々。夜も更けてようやく一人文机に向かえば、そこからはまた別世界が広がる。そこに立ち顕れる世界は、鴉の孤影と問答する自分であり、たった一枚の葉を舟として水の上を渡る達磨の姿であり、この世は虚無であるという認識であった。

一葉は、現実は虚無の世界であり、夢の世界こそが真実であるという、いわば『徒然草』第二百四十三段に言うところの「顛倒（転倒）」、あるいは、世紀末の文学者ユイスマンス（一八四八～一九〇七）の『さかしま』の世界のすぐ横に佇んでいる。

ユイスマンスを介在させるなら、一葉（一八七二～一八九六）もまた、「大鴉」のポー（一八〇九～一八四九）を源流とする「世紀末詩人」の一人である。もしも、一葉のこれらの和歌が西欧の、たとえばマラルメ（一八四二～九八）の目に止まったならば、マラルメは、ポーの「大鴉」を英語からフランス語に翻訳したように、一葉の和歌もフランス語に翻訳した可能性があるのではないか。

「一葉舟」が、波乗り達磨の蘆の一葉であるならば、不安定で儚い一枚の葉ではなく、和歌というほんの三十一文字の小さな文芸に乗せて、この虚無の浮き世を漕ぎ渡ってゆく、軽業(かるわざ)のような櫂捌(かいさば)きにも注目しなくてはならないだろう。一葉が心に持っていた意地は、「拗ね者(すねもの)」という言葉に収まり切れない、文学への大望であったろう。

「意地」という言葉はまた、森鷗外が歴史小説集の題として選んだ言葉でもあった。鷗外は、『阿部一族』『興津弥五右衛門の遺書』『佐橋甚五郎』の三編を収めて、大正二年六月、籾山(もみやま)書店から単行本『意地』を刊行した。鷗外は、その刊行に際して筆を執った広告文で、佐橋甚五郎のことを「意地強きすね者。流石(さすが)の家康も警戒したる人物」と書いた。さまざまな人から「すね者」と言われ、自身でも「すね者」ないし「ひが者」と言っていた一葉。一葉もまた、「意地強きすね者」であったろう。星野天知(てんち)や、文学界の青年たちが一葉につけた渾名(あだな)よりも、ずっと深い一葉の心の底を鷗外が感じ取っていた痕跡を、この広告文に重ね合わせたくなるのだ。

虚無と洒脱と達観と

一葉にとって、小説を書くことは収入を得る手段であった。それよりも大切なのは、自分の心の中を自分にはっきりと見せてくれる日記の執筆だった。日記を書き綴る時間は、小説を書く時間以上に、なくてはならない時間だった。日記に長文の思索的な記述が書かれると、その締め括りに歌が一首置かれるという現象を、どう見ればよいのか。和歌は、日記の文章という「散文」と拮抗(きっこう)する自己表現の手段であった。文章と和歌の一体感を実現するための「歌文(かぶん)」スタイルとして、一葉が自分自身で開拓した新たな表現分野として、和歌を含む散文日記は、きわめて注目されるのである。

一葉の文学世界を振り返ってみると、まず和歌の修学があり、同時に書道の勉強があった。「源氏見ざる歌詠み(うたよ)は、遺恨(いこん)のことなり」という藤原俊成(しゅんぜい)の言葉通りに、『源氏物語』は一葉にとって重要な古典であった。没落した末摘花の荒れ果てた住まいを描く蓬生巻を、本郷菊坂町時代の日記の総称としたほどである。

けれども、一葉にとって、より一層重要な古典として、『枕草子』と『徒然草』があった。『枕草子』については、作者である清少納言への関心が高く、自分の生き方と重ね合わせてもいた。けれども、一葉の自己形成・思想形成において最も大きな役割を果たしているのは、『徒然草』であったと考えられる。

作者の兼好にとって、『徒然草』は、儒教・仏教・道教の教えを融合させる「場」であった。一葉は、『徒然草』の熟読を通して、無常観を乗り越えたその先に、今を生きる心組みを書いた。だから、「虚無」という言葉を点綴させた日記を晩年に書き、和歌にもその心情を詠んだ。

この点において、一葉は、『徒然草』という古典文学が統合・集約していた、日本の古典文学における思想的側面を、まるごと受け継ぎ、さらなる展開を成し遂げた文学者であったと言ってよいだろう。

一葉は、近代西欧におけるニーチェ（一八四四～一九〇〇）とも、同時代人であった。一葉は、親しかった伊東夏子が熱心なキリスト教徒であったのに対して、自分はそのような信仰は持っていないと手紙に書いているが、さりとて仏教にも全身を投入することはできなかっただろう。人間は一度死んだら、二度と再びこの世に戻れないのだということを、一葉は書いている。ポーが『大鴉』でくり返し書いた「Nevermore」とは、「Never again」を意味する言葉であり、二度と再びはない、という意味である。

　虚無の浮き世を、いかに生きるか。このことこそが、一葉が最後に辿り着いた命題であった。俗世間と言い、世俗と言う。俗塵と言い、塵の中と言う。「塵の俗世」を「虚無の浮き世」として認識した一葉は、数えの二十五年間（二十四年と六か月）の人生であったが、その中で洒脱と達観をもわがものとして、虚無の浮き世を生き抜いた。本書に掲げた和歌五十首の中に、一葉の洒脱と達観を読み取ってほしい。

　和歌と文学と人生の極北の世界を、一葉はわたしたちに指し示してくれたのである。

読書案内

樋口一葉の作品は有名であり、『たけくらべ』のストーリーもよく知られている。けれども、古典和歌の教養を基盤として書かれている一葉の小説を、原文で読み通したという人は意外と少ないかもしれない。

そこで、まずは、一葉の作品を原文で読んでみることを勧めたい。小説には、次のようなものがある。

①新潮文庫『にごりえ・たけくらべ』。『十三夜』『大つごもり』なども収録されている。
②岩波文庫『にごりえ・たけくらべ』、『大つごもり・十三夜』。
③集英社文庫『たけくらべ』。
④角川文庫『たけくらべ・にごりえ』。
⑤ちくま文庫『樋口一葉小説集』。

次に、一葉文学の「真の代表作」とも言える「一葉日記」と「和歌」については、一部分ではあるが、文庫本に収録されている。

⑥角川文庫『一葉恋愛日記』、『一葉青春日記』。
⑦ちくま文庫『樋口一葉日記・書簡集』、『樋口一葉和歌集』。

樋口一葉の文体は、口語の現代語に移しかえることが、非常にむずかしい。だから、ここでは、「読書案内」にもかかわらず、現代語訳の類は挙げなかった。各種の文庫本で、樋口一葉の文体が体感できれば、次には、本格的な全集である。一葉全集の決定版は、筑摩書房から刊行されている。

⑧『樋口一葉全集』（筑摩書房）

第一巻（小説・上）、第二巻（小説・下）、第三巻・上（日記Ⅰ）、第三巻・下（日記Ⅱ・随筆）、第四巻・上（和歌Ⅰ・Ⅱ）、第四巻・下（和歌Ⅲ・書簡・和歌索引）の全六冊から成る。

ここには、二十四年と六か月の全生涯を「和歌」に賭けた近代女性が切り拓いた新しい文学の沃野が、広がっている。どの一首、どの一行にも、一葉の思いが籠もっている。繰り返し触れることで、少しずつ一葉の心に近づいてゆける。なお、一葉全集としては、小学館からも刊行されている。

⑨新潮日本文学アルバム『樋口一葉』（新潮社）。

一葉をめぐる写真が満載であり、一葉文学を身近に感じさせてくれる一冊である。樋口一葉を描いた映画や演劇も、数多い。また、一葉を論じたエッセイや論文も、膨大である。興味深いことに、「一葉物（もの）」の映画や演劇では、一葉自身の人生と、一葉の描いた作品とが融合しているという、大きな特徴がある。私たちは、樋口一葉の残した文学が、彼女の人生そのものだと感じている。

⑩台東区立一葉記念館（東京都台東区竜泉三丁目十八番四号）

『たけくらべ』ゆかりの場所には、次の文学館がある。

【著者プロフィール】

島内裕子(しまうち・ゆうこ)

＊1953年東京都生。
＊東京大学文学部卒業、東京大学大学院修了。博士(文学)。
＊現在　放送大学教授
＊主要著書
『徒然草文化圏の生成と展開』(笠間書院)
『徒然草の変貌』(ぺりかん社)
『兼好――露もわが身も置きどころなし』(ミネルヴァ書房)
『徒然草』(校訂・訳、筑摩書房・ちくま学芸文庫)
『枕草子　上下』(校訂・訳、筑摩書房・ちくま学芸文庫)
『徒然草をどう読むか』(左右社)
『方丈記と住まいの文学』(左右社)
『美しい時間――ショパン・ローランサン・吉田健一』(書肆季節社)
『方丈記と徒然草』(放送大学教育振興会)
『日本文学における古典と近代』(放送大学教育振興会)
『国文学研究法』(放送大学教育振興会)
『日本文学概論』(放送大学教育振興会)
『日本文学の読み方』(放送大学教育振興会)
＊主要編著書
『吉田健一　ロンドンの味』『吉田健一　おたのしみ弁当』『吉田健一　英国の青年』(いずれも講談社・文芸文庫)

樋口一葉(ひぐちいちよう)　コレクション日本歌人選 066

2019年03月25日　初版第1刷発行

著者　島内裕子

装幀　芦澤泰偉

発行者　池田圭子

発行所　笠間書院

〒101-0064　東京都千代田区神田猿楽町2-2-3

NDC分類911.08　電話03-3295-1331 FAX03-3294-0996

ISBN978-4-305-70906-6

本文組版:ステラ　印刷／製本:モリモト印刷

乱丁・落丁本はお取り替えいたします　(本文紙中性紙使用)

出版目録は上記住所または、info@kasamashoin.co.jp までご一報ください。

コレクション日本歌人選　第Ⅰ期～第Ⅲ期　全60冊！

第Ⅰ期　20冊　2011年（平23）2月配本開始

1 柿本人麻呂　かきのもとのひとまろ　高松寿夫
2 山上憶良　やまのうえのおくら　辰巳正明
3 小野小町　おののこまち　大塚英子
4 在原業平　ありわらのなりひら　中野方子
5 紀貫之　きのつらゆき　田中登
6 和泉式部　いずみしきぶ　高木和子
7 清少納言　せいしょうなごん　圷美奈子
8 源氏物語の和歌　げんじものがたりのわか　高野晴代
9 相模　さがみ　武田早苗
10 式子内親王　しょくしないしんのう（しきしないしんのう）　平井啓子
11 藤原定家　ふじわらていか（さだいえ）　村尾誠一
12 伏見院　ふしみいん　阿尾あすか
13 兼好法師　けんこうほうし　丸山陽子
14 戦国武将の歌　綿抜豊昭
15 良寛　りょうかん　佐々木隆
16 香川景樹　かがわかげき　岡本聡
17 北原白秋　きたはらはくしゅう　國生雅子
18 斎藤茂吉　さいとうもきち　小倉真理子
19 塚本邦雄　つかもとくにお　島内景二
20 辞世の歌　松村雄二

第Ⅱ期　20冊　2011年（平23）10月配本開始

21 額田王と初期万葉歌人　ぬかたのおおきみ　しょきまんようかじん　梶川信行
22 東歌・防人歌　あずまうた　さきもりうた　近藤信義
23 伊勢　いせ　中島輝賢
24 忠岑と躬恒　みぶのただみね　おおしこうちのみつね　青木太朗
25 今様　いまよう　植木朝子
26 飛鳥井雅経と藤原秀能　まさつね　ひでよし　稲葉美樹
27 藤原良経　ふじわらのよしつね（りょうけい）　小山順子
28 後鳥羽院　ごとばいん　吉野朋美
29 二条為氏と為世　にじょうためうじ　ためよ　日比野浩信
30 永福門院　えいふくもんいん（ようふくもんいん）　小林守
31 頓阿　とんな（とんあ）　小林大輔
32 松永貞徳と烏丸光広　ていとく　みつひろ　高梨素子
33 細川幽斎　ほそかわゆうさい　加藤弓枝
34 芭蕉　ばしょう　伊藤善隆
35 石川啄木　いしかわたくぼく　河野有時
36 正岡子規　まさおかしき　矢羽勝幸
37 漱石の俳句・漢詩　神山睦美
38 若山牧水　わかやまぼくすい　見尾久美恵
39 与謝野晶子　よさのあきこ　入江春行
40 寺山修司　てらやましゅうじ　葉名尻竜一

第Ⅲ期　20冊　2012年（平24）6月配本開始

41 大伴旅人　おおとものたびと　中嶋真也
42 大伴家持　おおとものやかもち　小野寛
43 菅原道真　すがわらみちざね　佐藤信一
44 紫式部　むらさきしきぶ　植田恭代
45 能因　のういん　高重久美
46 源俊頼　みなもとのとしより（しゅんらい）　高野瀬恵子
47 源平の武将歌人　上宇都ゆりほ
48 西行　さいぎょう　橋本美香
49 鴨長明と寂蓮　ちょうめい　じゃくれん　小林一彦
50 俊成卿女と宮内卿　しゅんぜいきょうじょ　くないきょう　近藤香
51 源実朝　みなもとのさねとも　三木麻子
52 藤原為家　ふじわらためいえ　佐藤恒雄
53 京極為兼　きょうごくためかね　石澤一志
54 正徹と心敬　しょうてつ　しんけい　伊藤伸江
55 三条西実隆　さんじょうにし　さねたか　豊田恵子
56 おもろさうし　島村幸一
57 木下長嘯子　きのした　ちょうしょうし　大内瑞恵
58 本居宣長　もとおりのりなが　山下久夫
59 僧侶の歌　そうりょのうた　小池一行
60 アイヌ神謡ユーカラ　篠原昌彦

推薦する——「コレクション日本歌人選」

篠　弘

●伝統詩から学ぶ

啄木の『一握の砂』、牧水の『別離』、さらに白秋の『桐の花』、茂吉の『赤光』が出てから、百年を迎えようとしている。こうした近代の短歌は、人間を詠みうる詩形として復活してきた。しかし、実生活や実人生を詠むばかりではなかった。その基調に、己が風土を見つめ、豊穣な自然を描出するという、万葉以来の美意識が深く作用していたことを忘れてはならない。季節感に富んだ風物と心情との一体化が如実に試みられていた。

この企画の出発によって、若い詩歌人たちが、秀歌の魅力を知る絶好の機会となるであろう。また和歌の研究者も、その深処を解明するために実作を始められてほしい。そうした果敢なる挑戦をうながすものとなるにちがいない。多くの秀歌に遭遇しうる至福の企画である。

松岡正剛

●日本精神史の正体

和泉式部がひそんで塚本邦雄がさんざめく。道真がタテに歌って啄木がヨコに詠む。西行法師が往時を彷徨して寺山修司が現在を走る。実に痛快で切実な組み立てだ。こういう詩歌人のコレクションはなかった。待ちどおしい。

和歌・短歌というものは日本人の背骨であって、日本語の源泉である。日本の文学史そのものであって、日本精神史の正体なのである。そのへんのことはこのコレクションのすぐれた解説を読まれるといい。

その一方で、和歌や短歌には今日のメールやツイッターに通じる軽みや速さや愉快がある。たちまち手に取れるし、目に綾をつくってくれる。漢字・旧仮名・ルビを含めて、このショートメッセージの大群からそういう表情をぞんぶんにも楽しまれたい。

コレクション日本歌人選　第Ⅳ期

第Ⅳ期　20冊　2018年（平30）11月配本開始

No.	書名	よみ	著者
61	高橋虫麻呂と山部赤人	たかはしのむしまろとやまべのあかひと	多田一臣
62	笠女郎	かさのいらつめ	遠藤宏
63	藤原俊成	ふじわらしゅんぜい	渡邉裕美子
64	室町小歌	むろまちこうた	小野恭靖
65	蕪村	ぶそん	揖斐高
66	樋口一葉	ひぐちいちよう	島内裕子
67	森鷗外	もりおうがい	今野寿美
68	会津八一	あいづやいち	村尾誠一
69	佐佐木信綱	ささきのぶつな	佐佐木頼綱
70	葛原妙子	くずはらたえこ	川野里子
71	佐藤佐太郎	さとうさたろう	大辻隆弘
72	前川佐美雄	まえかわさみお	楠見朋彦
73	春日井建	かすがいけん	水原紫苑
74	竹山広	たけやまひろし	島内景二
75	河野裕子	かわのゆうこ	永田淳
76	おみくじの歌	おみくじのうた	平野多恵
77	天皇・親王の歌	てんのう・しんのうのうた	盛田帝子
78	戦争の歌	せんそうのうた	松村正直
79	プロレタリア短歌	ぷろれたりあたんか	松澤俊二
80	酒の歌	さけのうた	松村雄二